還能再愛嗎？

橘子作品 22

One More Chance for Love?

自序

我習慣

我習慣把序擺在最後寫。

在完稿階段我廢寢忘食、全心衝刺，很不健康，可是過癮；接著我會昏睡個三兩天，然後校稿。接著通常是一整天的時間，我走來走去，我亂打電話，我很焦慮，為的是整本書的靈魂：文案。我知道它會是一整天裡的某個十分鐘、某個靈光乍現的十分鐘，可是只有天曉得是哪個十分鐘，而且天曉得這一次會不會有這麼一個十分鐘？於是我焦慮，我亂打電話，我走來走去，然後，是的，那靈光乍現、那十分鐘到來，接著我捉起筆我攤開紙，我寫下。

最後是序。我習慣把序擺在最後寫，當作是這幾個月寫作生活的回顧，或者說是回味。

用壓箱寶來形容這新書系「都會愛情」的首部曲《還能再愛嗎？》未免不甚恰當，不過確實《還能再愛嗎？》躺在我的靈感小筆記裡最長最久。它和《妳在誰身邊，都是我心底的缺》同時期被寫進靈感小筆記裡，就在我決心離開台北的那陣子所產生的靈感發想，也幾乎可以說是我離開的原因；可是如今《缺》都已經出版將近兩年，而它才遲遲到來，關於這點，我並沒有寫完《缺》時的解脫感，反而比較是一種接近滿足的感覺：我一直就想寫一本可愛又可惡的故事。

可愛又可惡的故事，這《還能再愛嗎？》。

橘子

自序

第一章　扭。曲 / 007
第二章　敗。退 / 029
第三章　領。悟 / 063
第四章　重。生 / 095
第五章　轉。變 / 133
第六章　愛。情 / 171
第七章　改。變 / 207
終　章　珍。惜 / 243

c o n t e n t s

真的沒有什麼被浪費，技巧是你知道自己無論如何都應該有七十年好活。

——尼克宏比《往下跳》

第一章

扭。曲

◆之一
柯靜頤

十歲那年的柯靜頤，想像二十歲的自己會是：
大學校花。但不是被全校女生討厭的那種自戀做作女生。
男朋友帥。但同時還被他最好的朋友既深情又苦澀的明顯暗戀著。
而重點是：擁有一雙直又長的美腿、就像小姑姑那樣；無論是直又長的美腿，又或者是以上的這些那些。

二十歲那年的柯靜頤，想像三十歲的自己會是：
自信時髦又魅力的女強人。雖然是哪方面的女強人則完全還沒有想到，不過亞洲區首席珠寶設計師聽起來滿棒的，而至於全球首席珠寶設計師則就不必了，因為那感覺好像會忙到皮膚變差的樣子。
男朋友隨時會浪漫求婚。同時也放棄了和他最好朋友的曖昧困擾，因為小馬根本就沒有朋友！

而重點是：那雙直又長的美腿上面再上面不要那麼大。為什麼再美再性感的內衣只要罩杯一大就會看起來很阿嬤咧？

然

而

真正來到三十歲的柯靜頤是：沒錢，沒工作。不是暫時沒工作，而是從來沒有工作過！哈哈！

而重點是：上星期才被小馬以一種棄養寵物的姿態甩掉！

哎～哎～有沒有人要和我交換當柯靜頤啊？

「我的人生到底是從哪裡開始出了差錯的呢？」我想不透。

既難過又想不透。

怎麼會呢？怎麼會這樣呢？這種事情怎會可能會發生在我身上呢？會被交往十年的男朋友甩掉的不都是那種用橡皮筋綁頭髮、身材變形又聲音平平而且衣服還穿到L號的女人嗎？為什麼明明我一項都沒有卻還是落得這樣下場呢？不公平！這根本就不公平！

「這根本就不公平！」

『我早就告訴過妳了、柯靜頤。』

坐在對面埋頭看著最新一期VOGUE的貴婦連頭也沒抬的說。

打從我們還是大學同學的時候，『我早就告訴過妳了』的這句話就像是長在貴婦嘴邊似的，時不時就會飄出來說啊說個不停，無論是當我買了什麼後悔、又或者後悔沒買什麼的時候，貴婦都要不嫌煩的說上這麼一句：我早就告訴過妳了。

每當她說這句話的時候，我都好想叫她閉嘴不要再馬後炮了，可是每次每次我都不敢；總有一天我希望自己能有勇氣叫她閉嘴不要再對我說這句話了。

我早就告訴過妳了。

有回的最高紀錄是貴婦在一個晚上就對我重複了這句話兩百次起碼有，搞到最後我差點沒耳鳴；那次是我收到小馬的分手簡訊，那晚我把貴婦找來一起泡在紅酒裡，很老套卻很必要的喝整晚的失戀酒。

喝他媽的失戀酒。

我覺得很迷惘，所以我們分手吧。

小馬的分手簡訊是這麼個內容，沒有鋪陳就直接切入主題，也完全沒有邏輯可言。怎麼會呢？怎麼會這樣呢？小馬不是美術系畢業的學生嗎？美術系畢業的學生怎麼會想出這種沒有鋪陳也沒有邏輯而且還一點美感也沒有的混帳分手簡訊呢？

「一開始我直覺認為他是劈腿交了新女朋友，八成還是街上到處都有的那種小辣妹，因為事情通常是這麼上演的，而這是他傳錯對象的簡訊。」

失戀的當晚，我這麼告訴貴婦還有我自己。

「這樣想會讓我覺得好過一點，因為這麼一來被甩掉的人就不是我而是那個小辣妹。」

街上隨便找也能找出一大把的那種小辣妹。

「可是後來我回撥電話去問了才確定，是的這就是傳給我的分手簡訊沒有錯。小馬是要和我分手，和這個把女人一生中最精華的十年花在他身上的我分手！沒有小辣妹而單純的只是他媽的覺得迷惘！」

這是那晚我唯一說出有條理的一段話、因為當時我們還沒喝到第七瓶紅酒，除此之外我幾乎都是揮舞著酒杯怒吼著：他媽的！搞屁啊！去死吧！……諸如此類其實我還滿常使用但平常在小馬面前絕對不會脫口而出的語彙。

『太相信男人是不會有好下場的。』

回過神來，貴婦還在自顧著說。

自從貴婦這三年來連續被三任男朋友借錢不還或者直接斂財、導致每次又交新男友時、她的有錢老爸就會心驚膽跳犯胃痛之後，『太相信男人是不會有好下場』的這句話就逐漸有取代『我早就告訴過妳了』的趨勢。

『妳看看，這會又是個活生生的大例子。』

闔上方才的VOGUE，貴婦這會正用她那亮晶晶的水晶指甲敲著報紙上的娛樂頭版。

「天哪！連永遠的玉女也會被劈腿？！」

這個世界怎麼了？現在的男人一個個的怎麼了？為什麼明明已經擁有那麼好那麼美那麼氣質那麼永恆那麼玉女的夢中情人卻還不夠不滿足還要再劈腿呢？為什麼還要和那種夜店裡隨便找都一大把的穿著暴露的年輕辣妹熱吻？

不再年輕就活該被拋棄嗎？

「這種男人不要也罷！」

把整篇報導細細讀完之後，我帥氣的把報紙往桌邊一丟、試著很有姿態的說，不過好像卻不太成功，不但是我的語氣，還有報紙也是，我一個太用力丟到桌子底下去了所以就只好又彎下腰去把報紙撿回來。

太好了！我是個連想耍帥丟報紙也失敗的女人，太棒了！

這種男人不要也罷。

我記得昨天在電話裡我也是這麼姿態的告訴小馬，並且再試著想要了解小馬他到底他媽的是在迷惘什麼，但結果我還是沒聽到小馬解釋他到底迷惘什麼，只聽到小馬試著客氣的指出當時夜已深而我們已經分手所以請不要在深夜時分還打電話騷擾他，當下我立刻清醒過來才想著該如何為此道歉時、小馬就掛了電話，對著只剩下沉默的手機我立刻嚎啕大哭；雖然實際上我打電話給小馬的唯一目的就是想要讓他知道我很難受同時嚎啕大哭沒錯，但我沒想到結果卻是變成對著沉默的手機嚎啕大哭。

哦、天哪！我真的好恨我自己，我怎麼會是那種分手之後還打電話給前男友糾纏不清的女人呢？我難道不是我一直以為的瀟灑又帥氣嗎？我尤其恨的是今天早上我又打了通電話給小馬、試著想要解釋昨夜的電話並非我的本意也不是故意而只是一時喝過頭的失去理智而重點是絕對不會再有下一次！但結果這次小馬索性連電話也不接就這麼讓我呆在羞愧的崩潰邊緣，當手機裡頭的電話女音要我選擇進入語音信箱或是直接掛斷時，我的選擇是再一次的嚎啕大哭。

天哪！

「那種男人不要也罷！」

我試著又說了一次，而這次總算是成功了些，而且報紙也沒丟歪。

「往好處想，連永遠的玉女也會感情失敗一場空，雖然這麼想很壞，但這真的讓我覺得好過多了。」

『當然，因為妳只浪費了十年而不是二十年。』

貴婦連想也沒想的就這麼直接的說。

真是、謝啦！

從貴婦身上我得到的最大領悟是：不能因為對方是熟透的朋友就不顧慮對方的感受。

雖然已經為時已晚，但是當下我發誓我再也不要把感情裡的細枝末節全都一股腦的告訴朋友尤其是最好的朋友尤其是貴婦！因為那通常會是她們落井下石的最好題材。

而這會兒，貴婦就正再度的這麼落井下石著：

『還有啊，那種過分注重外表的男人是靠不住的啦！』得意的笑：『妳再說一次、馬大福真的不是gay？』

馬大福。

其實小馬只是姓馬而不叫作馬大福，可是自從有回貴婦在電視上看到那位同樣姓馬的美腿女藝人帶著她養的英國鬥牛犬馬大福上綜藝節目亮相之後，貴婦就開始樂不可支的把小馬叫作馬大福；以前我都覺得貴婦這樣不但沒有口德而且還十分缺德，但現在倒是不安好心眼的覺得很樂。

「是真的，小馬不是gay。」

我說，第N次的這麼澄清著說。

小馬真的只是很重視外表而已，護髮、做臉、修腳皮、全身SPA去角質和水療灌腸（體內美容很重要！小馬說。）一樣沒少的帶著我和他定期做，而且還拉著我和他一起做，因為這樣他才能聲稱是主要是我想做而他只是順便也一起而已。

『最重要的是，女人要經濟獨立，不能因為男朋友有錢就傻傻的讓他養啦、柯靜頤！我早就告訴過妳了。』

「好啦，我已經開始在找工作了。」

我說。雖然其實我真正想說的是：雖然美其名是有工作，但說穿了妳自己還不是養尊處優的給妳的有錢老爸養？

但不用說的是我當然沒說，是沒種直接這麼說，更是怕說了傷感情。

『不過妳總算還保有一戶小豪宅啊，就當作是妳用這十年青春賺來的囉。』按了按假睫毛，貴婦繼續臉不紅氣不喘的搬弄她的大道理：『妳想想，一缸子人在台北辛苦工作十年，搞不好還買不起你們那層小豪宅呢。』

「沒有你們，只剩下我了。」

我低聲的糾正她，同時在心底訓誡自己別再動不動就嚎啕大哭了。

『往好處想嘛、柯靜頤，妳自己不是最愛講這句話的嗎？』

也對，往好處想是這樣沒錯，因為我真的好討厭修腳皮並且打死不答應一起去大腸水療，更別提我終於能夠安安靜靜的站在窗台前欣賞距離只剩下食指大的台北一〇一、對著它無聲地訴說我絕對不想要告訴別人的心事，而不是整個晚上都陪小馬窩在電視前沉迷於電視購物——

哦～～得了吧、柯靜頤！別再自欺欺人了！

沒往好處想的實際情形是：如果我再不趕快找到個願意和房東同住的不吵不鬧的不

帶朋友回家的愛乾淨房客、或者趕快找到一份像樣的工作、或者乾脆賣掉我的小豪宅的話，我恐怕會連下個月的管理費都付不出來了。

管理費能不能用刷卡的呢？

哎～哎～

柯靜頤能不能換別人來當呢？

哎～哎～

◆之二

馬嘉鴻

「太屌了！」

當門卡插入門鎖發出滴滴聲響的短短三秒不到，小辛就既效率又精采的告訴我這個令人難以置信卻又著實熱血沸騰的頭號娛樂新聞，而這是我的第一個反應：太屌了！

第二個反應是游移在她細細腰間的手立刻停住動作，迫不及待越過她、直撲電視機遙控好把這新聞給從頭到尾看仔細。

『這倒是頭一次門關上之後，你的西裝外套居然還穿在身上的。』

「妳擋到電視了。」

『算了，我先去沖個澡好了。今天好熱，冬天還這麼熱是怎樣。』

小辛說。不過她脫了襯衫卻沒走進浴室而是坐到我腿上。這提醒了我好像還沒問她今天是不是也趕時間？只不過這話從腦子來到了我嘴邊卻變成是：

「太屌了！」實在忍不住吹了個口哨，我喝采：「把到那麼正的玉女還劈腿喇舌夜店妹，屌的二次方！」

『你幾點要回公司？一點還一點半？』

一點。但我忙著看電視沒有空回答她。

「玉女還是輸辣妹，這就是青春啊。」

『這就是男人啊。』

小辛用牙縫迸出這句話以及這不屑，不過臉上卻依舊能夠保持好看的專業級主播微笑，我常在想如果小辛願意認真工作的話，當上財經頻道的新聞主播絕對難不倒她的，任何值幾個屁的老闆都看得出來；只不過小辛至今依舊沒坐上主播台、每天照啊照著蘋果光，甚至開個財經談話性節目的原因並非她老闆連個屁也不值、而只單純是她本人志不在此。

打從一開始小辛就清楚的明白到自己之所以當個財經記者為的只是追求更多嫁入豪門的機會，有時候我會忍不住想要提醒她：當上主播搞不好機率會更大。大家不都這麼說的嗎？而這點我可不相信聰明如她會沒想透，但既然小辛對於主播台和蘋果光興趣缺缺、我倒也樂得不去提醒，畢竟她要真真嫁入豪門當媳婦去，那我們可還能每週兩次快樂似神仙嗎？

沒必要搬石頭砸自己的腳。這當然。

如果說罵人不帶髒字而且還笑盈盈的表示、這超優雅罵人技巧是小辛的拿手絕活之一，那麼之二絕對是這會我們來到這旅館正準備進行的好事，通常我們會稱呼它為午餐約會，但、老天爺！我們還真真沒幾次吃過午餐咧。

不優雅，而且還狠火辣的午餐約會，或者應該說是我們之間的小默契，這小辛的拿手絕活。

『順便告訴你一聲，屌指的是男人的性器官，所以你還要動不動就滿口屌嗎？總經理。』

「那是妳的看法。」

巧妙的挪了個姿勢好讓小辛別擋到我看電視，我說。但隨即又機靈的補充了個真真適合我倆目前情境的小笑話，笑話是恰到好笑的具體又幽默，但誰曉得這下小辛不是賞臉的笑著加快速度卻是反常的停下在我皮帶上的動作，變成是把她方才脫掉的上衣給穿回去。

『我要叫 room service 來吃了。』

好啦！這下子我總算知道午餐約會確實是不該一直看電視啦。

這下棘手了。

把電視轉成靜音，我壓低聲音摟著她哄：

「別這樣嘛、寶貝。這裡的 room service 又不好吃。」

她還在不爽。沒辦法、我只好加碼：

「我下午可以晚點回公司，妳不是想洗個澡嗎？我想我們甚至可以睡一下。」

『或許再看場電影喝個咖啡你看怎麼樣？』

我還當真楞了一下、心想下午有哪些會議可以推掉好讓我們去看場電影又喝個咖啡的；但不消一會就曉得這只是小辛隨口說說的玩笑話，因為她又開始笑盈盈的用牙縫說話：

『真不巧，我下午還有個重要的採訪所以沒空陪你耗在這裡看電視。』

「喂——」

『或者洗個澡。』

「喂喂——」

『或者睡一下。』

然後我也不爽了。

「採訪？」我知道這樣說很不對，但我就是沒辦法的嘴巴賤：「也對，這下子妳總算是逮到機會採訪妳心愛的宰家大少了。」

她立刻拉下臉、停住補口紅的動作。這誘使我嘴巴更癢了：

「順道一提，他那件西裝大衣剛好我同樣也有一件，我說的是妳白馬王子用來遮手銬的那一件西裝大衣。」

把口紅精準的丟到我臉上，小辛就這麼被我氣跑了。

對著她的背影，我硬是明知道不妥但就是忍不住的補上這麼一句：

「套句妳剛才說的話，這倒是我們第一次的午餐約會卻沒弄皺床單的。」

結果是她用恨恨的甩門聲回應我。

哎。

是個直接到欠揍的人。我想起小辛老是這樣說我。好像還滿對的。

也罷，下次換我主動打電話給她好了，或許就用要把口紅還給她當理由好了。

也對，反正小辛本來就是那種來得快又去得快的直率個性，我指的可不只是脾氣，還有其他不方便說的什麼。

老天！我真愛死了這不方便說的什麼。哈！

白馬王子。

小辛的白馬王子。

那是在我們認識之前的事，雖然這故事的真實性只有小辛她自個兒明白，不過反正根據她的說法是那年的那天在那個電梯裡她巧遇辜家大少，這身價上兆的辜家大少不但丁點架子也沒有、而且還好風度翩翩的幫她按住電梯門；當晚回家之後小辛不得不做的第一件事就是上網 Google 辜家大少照片和新聞，在發現到他不但身價上兆而且還風度翩翩並且被記者給了個商界金城武的封號，尤其他和夫人那段韓劇般的王子愛上灰姑娘人生更是立刻教小辛在心底把他和白馬王子畫上等號。

『真正的王子！』

小辛每每說起依舊激動不減的說。

接下來小辛的人生劇本是這麼安排的：

隔年她順利畢業並且成功應徵上財經記者，能否跑到頭條新聞或者寫個棒透了的專題這事她可不感興趣也沒想過要和同事競爭，她唯一在意的就是能否順利假借採訪之名接近她的白馬王子；殊不知計畫永遠趕不上變化，超級愛開玩笑的老天爺在同一年讓白馬王子流亡日本，所幸堅強又成熟的小辛並未因此放棄工作而依舊堅守崗位、默默守候著親近王子的那天到來，不離不棄的堅貞直逼王子對於他夫人的感人愛情。

大概是所謂的老天垂憐，隔年已經不是菜鳥卻依舊跑著無關緊要填版面的菜鳥新聞、有時候還閒得幫忙同事跑腿買咖啡的小辛，因緣際會採訪了最年輕的二十六歲的總經理、也就是我；地點同樣是在這家旅館的一樓咖啡廳（因為離我的公司只消過個馬路的距離，重點我的時間又是那麼的寶貴、可不隨便給人浪費），那雖然是我生平第一次接受記者的訪問，但我可真真打從心底發誓、那絕對是我人生中最精采的一次訪問（雖然就這麼一次，所以也沒得比較）：對話順利氣氛融洽還從頭到尾毫無冷場不說，並且在第二杯咖啡上桌時我碰巧（我發誓真的只是碰巧而非預謀）提起在這飯店我有個專屬的房間，是當初公司為了北上工作的總經理我所做出的禮遇，當我聊完這禮遇還包括專屬司機賓士配車、以及正準備說但其實我已經在大安森林公園附近買了層好正點的公寓（而且最正點的是我有錢多到連貸款可以節稅也不考慮）的空檔之間，我意會到小辛眼底的那個什麼以及她在桌子底下的高跟鞋已經開始在我的小腿邊游移之後，不等她開口，我便試探的問道：

「想參觀一下嗎？或許妳會想要給這專訪拍張照片什麼的。」

接著下一分鐘我們便移駕上樓一同滾進床單裡。

有什麼比這更值得花費時間的精采訪問嗎？沒有！

有什麼比這更令人熱血沸騰的午餐約會嗎？沒有！

第二次約見面同樣是在午餐，小辛來了電話說是還有些細節想補充提問，第三次她說剛好來到附近所以不妨一起午餐，第四次……

直到兩年的時間過去，那篇當初的專訪還是沒被她家老編賞識登出（我甚至懷疑她到底寫了沒有？），倒是這每週兩次的採訪、或者應該說是午餐約會已經變成我們之間的小默契。

有時候我難免好奇另外五天的小辛是否也和別人有午餐約會？我是說我們這種只點room service進房間吃的午餐約會，但還好也僅止於純粹好奇的想想而已；儘管我們相同年紀相同個性又床上床下都合得來，而且——雖然沒有確實問過但看來她也是單身。但我們卻從來沒有想要和對方更進一步而不只是床伴——雖然沒有確實問過但看來她也沒興趣。

得來速愛情。

雖然沒有告訴過小辛，不過我自己是這麼稱呼我們之間的關係。

有次我甚至衝動的真真想要改約小辛去買得來速然後就在車上這個那個，但考慮到我並不想被她知道我是個麥當勞迷的這件事情於是只好作罷（愛吃麥當勞的總經理？這怎麼說都怪）。不用電話纏綿、只消『今天一起午餐？』，不用掏心掏肺、而是『今天可以待到幾點。』

老天！有什麼比這更完美的得來速愛情嗎？

第二章

敗。退

◆之一
柯靜頤

無論如何都不想要告訴別人的心事：

雖然和小馬已經分手半個月，但我每天晚上都還在為此藉酒澆愁而且有越喝越兇的趨勢。

雖然每天晚上都藉酒澆愁再這樣下去我遲早變成酒鬼，但我還是打從心底認為小馬他會回頭。

雖然還在暗暗等著小馬回頭，而起先我會好帥的拒絕他但最後還是會原諒他，可是這幾天翻著舊照片、我才驚覺小馬的頭比我一直以為的還要大。

雖然小馬的頭很大，但他卻還是好熱愛穿緊身襯衫說也說不聽，我得承認這讓我很困擾，是不是因為這樣所以我才遲遲沒有帶他回家見爸媽？

雖然一直苦勸小馬不要再穿緊身襯衫因為這會讓他看起來頭更大，但我始終不好意思直接告訴他有時候我突然笑出來是因為他這樣看起來真的很像貢丸插在筷子上。

「我突然想喝貢丸湯。」

『什麼?』貴婦瞪著我:『我想破頭也想不透Häagen-Dazs的冰淇淋火鍋是怎麼聯想到貢丸湯去?』

我沉默。

『再說,哪裡有賣素食的貢丸湯?還是說妳失戀之後順便也不再吃素?』

我低頭。

『到底是怎麼啦?』

我還是哇的一聲哭了出來。

無論如何都不想要告訴別人的心事:

「我今天收到信用卡帳單了。」

『哦,我的是上星期寄來,然後下星期還有另外一張。所以怎樣嗎?』

「這是我第一次收到信用卡帳單。」

『我不——哦、等一下。』

貴婦小心翼翼的望著我，她等我自己說下去。

「以前都是寄到小馬家去，不，應該是小馬的工作室吧、我想。我不知道而且反正也不用去管，因為帳單一向都是小馬去處理的，可能是直接從他銀行帳戶扣款什麼的吧，因為小馬好像不太喜歡碰現金，他說鈔票很髒。」吸了吸鼻子，「我剛說到哪？」

『信用卡帳單。』

「嗯，信用卡帳單。實際上不只我的卡費而是我們家所有的帳單都是小馬處理的，我從來看也沒看過帳單長什麼樣子，所以我只到能刷卡的地方消費就是這原因。」

而這下子我總算是見識到了，而且這還只是第一張而已，這下子好玩了。

『這聽來的意思是？』

「這聽來的意思是，小馬他再也不會幫我付任何一張帳單甚至是任何一毛錢了。」

『這聽來的意思是，這陣子妳拚命的陪我逛街、幫我刷卡換現金全是白做工囉？』

我再度哇一聲的哭出來。

『也是啦，哪有人分手後還幫前女友付帳單的啦，就算是小馬那種凱子爺也不例外吧。再說妳刷的還真不是普通的多，當然這和我比還只算是小眉角，不過以一個完全沒有收入的人而言——』

我還在哇的哭不停。

無論如何都不想要告訴別人的心事：

我搞不懂為什麼我會和貴婦是好朋友。

大學的時候我有一群要好的姐妹淘為數是四個人的小團體，雖然沒有噁爛到自稱為四仙女還其他什麼的女子偶像團體、不過其實也相去不遠了，除此之外我和班上的其他人也都相處融洽，就算是大家私底下偷偷稱呼為『冷凍庫』的貴婦（只要她一開口說話，場面立刻冷到零下去）也能和善相處；我常在想如果校園美女選拔賽我沒辦法拿第一名的話、少說拿個最佳人緣獎也不成問題。雖然不是刻意提起不過既然剛好講到那我還是順便說一下好了：那次的校園美女選拔賽我拿到的是第二名。第一名她大學還沒畢業就跑去當明星了，這在當時的我們看來和馬英九遲早會選總統一樣、可沒人會感到奇怪。

後來馬英九果真出來選總統而且還真的當選了，當年的第一名現在則變成紅透半邊天的偶像劇一姐，而至於第二名也就是我在當選沒多久之後則是被小馬給追走，接著十年的時間過去，他說他很迷惘然後就這麼把我甩掉，在獨自喝了半個月的失戀酒之後、這會兒我坐在Häagen-Dazs裡面對著貴婦嚎啕大哭。

迷惘到底是他媽的什麼鬼意思！

深

呼

吸

無論如何都不想要告訴別人的心事：

我怎麼會和貴婦變成好朋友的？

好像是大二還大三那年吧？沒記錯的話應該是通識課程的什麼能源之類主題的團體報告時，因為沒有人要和她一組所以落單被安排和我們一組做報告的貴婦，在我們討論石油什麼時候會被人類用光時、她突然自語自語似的冒出這句話：

『做臉拔粉刺和告別處女是哪個比較痛啊？』

當下她們的反應是冷到零度以下的尷尬，就唯獨我突兀的笑了出來，可能是我笑點低、可能是同時擁有這兩者經驗的人只有我和她；這真是託了小馬的福，我指的不只是花錢讓我做臉這件事情；拔粉刺和第一次同樣很痛，我是說如果是夏天而且又一個月才去做一次臉的話。

無論如何那就是我們友誼的起點。

一開始是貴婦主動約我，無論是逛街看電影或者喝咖啡吃好料之類的，只要是姐妹們要打工要補習或者是我和小馬沒有約會的時間、我都會很樂意的答應；到後來變成是只有貴婦會主動約我，那是畢業後一兩年的事了、我很清楚的記得，那時候雖然和原本的姐妹們都還保持著固定的聯絡，可是沒幾次之後就算是遲鈍如我也漸漸感覺到我們之間的落差越來越大：當她們或者興高采烈或者忘情激憤的聊工作時、我通常只有在旁邊當罐頭笑聲的份，當我眉飛色舞、歡天喜地聊起最新一季的流行或剛買到手的限量名牌包時、她們則是保持禮貌的微笑。

後來好像是再自然不過的我們就這麼淡掉了。

只是幾年之後有次在無意間撞見她們依舊保持著密切的聯絡和深厚的友誼時，我多少還是覺得很落寞，雖然我也不願意這麼想，但我真的覺得自己好像是一件過季的衣服被她們給淘汰掉一樣。

這件事我並沒有告訴貴婦、倒是說給了小馬聽，隔天他立刻買來Tiffany的鑽戒送給我還說了討妳歡心、換回笑容之類的噁爛鳥情話，不過當下我心底當然不是這麼想的，當下我以為這是小馬要向我求婚了，但後來才知道那是因為他很喜歡那枚戒指、而戴我手上又絕對比戴他手上好看。不過無論如何小馬的這個舉動這份心意都讓我覺得好浪漫重點是Tiffany真的好美真不愧是女孩們的終極夢想。

往好處想確實我們曾經快樂過也彼此深愛過，只是他媽的迷惘到底是什麼！

深呼吸

結果我們還是在 Häagen-Dazs 吃了貴婦堅持要吃的冰淇淋火鍋。

『我生平最恨那種看了 menu 才嫌貴就直接走掉的小家子氣，我絕對不允許這種事發生在我身上！』

貴婦如此宣佈，本來我以為這是她打算要請客的意思，才想好感激的道謝時，卻聽到她接著說：

『這樣吧，就算是省了跑銀樓那一趟。』

「啊？」

『金飾啊，妳待會不是要去銀樓賣金飾嗎？我看要不妳就省了銀樓那一趟、直接賣給我好了，這樣妳就有錢買單了不是？』

往好處想確實是這樣沒錯啦。

感謝柯媽從我滿月開始就固定在每年生日時送我金飾當禮物，每次每次我都覺得這些金飾真是又俗又土又老氣，如果不是會被罵的話、我每年每年都不打算收下；到頭來可真得感謝柯媽的兇巴巴和先見之明的生日禮物，這會兒我可真能再苟延殘喘的過日子了。雖然不曉得能撐多久這苟延殘喘的日子就是了。

哎～～

「總覺得這樣好像很對不起我媽。」

『不要這麼沮喪嘛、柯靜頤，想想妳的往好處想啊。』

「是啊，往好處想，還好我媽不會知道我賣掉我的生日禮物們。」

『我指的是最近金價又漲啦。』貴婦嘴邊飄出一朵微笑：『如果馬大福早半年甩掉妳的話，妳的金飾們可賣不到好價錢囉。』

「謝啦。」

我說，雖然我其實想說的是：去死啦！

嘆了口氣，我拿出十只小方盒：「再見啦，十歲以前的小柯靜頤，還有柯媽的愛心也拜拜啦。」

順道告訴妳一聲：妳十歲在許願的時候絕對想像不到三十歲的自己是這麼的令人失望。哈哈！

『別這樣嘛、柯靜頤，如果妳捨不得的話，換成是買妳這只愛馬仕我也是很願意的，不，是更樂意的。』

「休想！」

緊張兮兮的護著我的包包，我看著貴婦好仔細的挑出小方盒裡的十張收據，想了想又算了算，接著她收下十歲前的柯靜頤、掏出一疊厚厚的鈔票推到我這邊來。

『所以呢？妳昨天的面試如何？』

「應該是沒希望了吧。」

我說，但我不好意思說的是：在傳送了起碼一萬封的沒人要鳥我履歷之後，終於打來電話要我去面試的那家公司，其實只是很好奇想看看三十歲都還沒有工作過的女人長什麼樣子。

真他媽的。

『算了啦，午餐吃得有點飽，不然我點一客和妳分著吃就好。』

「謝啦。」

『就當作是妳那只愛馬仕的訂金吧。』

「……」

『開玩笑的啦、柯靜頤。』

哎，我會不會真的山窮水盡到得賣掉我心愛的愛馬仕啊？

『就說妳乾脆來我們補習班工作嘛，工作好閒又離一〇一好近，我會叫我爸給妳一份好薪水的啦。』

每天和貴婦相處起碼八小時？不，真的不，饒了我吧。

「呃……謝啦、再一次，但我想我還是心領就好。」

『小白鼠很可愛的啦、其實，而且如果妳仔細看的話，牠們有對好無辜的眼神哦。』

我光聽就想尖叫、這老鼠、這話題。

我相信每個人都有自己沒有道理就是害怕的生物，例如貴婦是害怕軟趴趴的毛毛蟲，小馬怕的是蟑螂，我媽怕蛇，我爸什麼都不怕就除了我媽，而我則是老鼠，害怕的程度到了連說起這兩個字都會害怕到非得立刻扯開喉嚨尖叫不可；但偏偏貴婦她老爸開的兒童數理補習班硬是養了籠小白鼠好給小朋友們上自然課還什麼的，天曉得若干年前有天我閒閒沒事跑去找上班時也總閒閒沒事的貴婦聊天時，她才一說起這回子事、雖然我人在櫃檯前看也沒看到而且距離牠們還很遠，但我就是沒辦法的驚聲尖叫拔腿快跑奪門而出就只差沒當場尿褲子。

「或許我下星期的面試會成功吧。」

『哦？面試什麼工作？』

「總經理特助。」想了想，我決定趕快趁這機會問個清楚：「特助是不是助理的意思啊？在電話裡我實在不好意思問清楚耶。」

『要說是助理也可以啦，就特別助理囉。』

「有差別嗎？」

『差多囉。』

貴婦誇張的翻了翻白眼，坦白說她這白眼還真是傷害到我了。

「我現在很脆弱。」

『好啦。』她笑了起來順便整理一下表情，『光是薪水就差多囉，特助說來是總經理的分身，換個說法咧、有點像是總統和行政院院長這樣子的關係吧。我猜妳八成是把這工作想成接電話泡咖啡收快遞之類的小助理對吧？』

是的沒錯。

『那我看妳就乾脆別白跑一趟了，妳連助理都沒做過，怎麼可能當特助啦。』

其實貴婦是個很好的朋友、真的！她只是有時候也真的很白目而已，沒有在生氣的意思、我強調，但是從貴婦身上我深刻的明白到心直口快和白目還是有著致命性的差異；貴婦最白目的地方不是她常常會說出傷人的話來，而是常常她在說出傷人的話時，她的態度並沒有想要傷害對方的意思而只是她真的這麼認為而已。

而，這正正是最傷人的地方！

「可是我真的好想要那個工作哦。」

而且那位人事小姐（還人事主任？我確定她在電話的一開始就告訴過我、但我就是想不起來）在電話裡聽起來好溫柔好禮貌人好好的感覺，我感覺她一定不只是想把我叫過去看看活到三十歲還沒有工作過的女人長什麼樣子而已，我甚至確定我們一定可以變成好朋友，午餐一起去吃飯、下班還一起逛 SOGO 的那種好朋友。

她或許還會願意接收我的做臉 SPA 療程吧？

天哪！我簡直不敢相信當初是為了什麼會鬼迷心竅的花十幾萬刷卡買下那療程，當然那個美容師說得也沒錯，因為那反正是終身會員制所以如果我每天去做臉的話其實一次算來也才幾百塊簡直比腳底按摩還便宜，而且重點是這真的好適合每天閒閒沒事做的我，只是兩年的時間過去我也總共才去過兩次，因為每次去她們都會拚命推銷一大堆貴死人的保養品、這點真的很讓人吃不消，我是說那價位是連貴婦都會吃不消的程度。

而且那些保養品真的很難用。

『是什麼公司？』

回過神來，貴婦正在問。

「珠寶公司的廣告部門。」

『珠寶公司？』她眼睛立刻亮了起來，用一種接近尖叫的語調興奮的說：『不會就是Cartier吧？我聽說他們可以用七折的員工價買Cartier耶！光是衝著這點我都願意去Cartier當清潔工了！欸、我說妳幹嘛不去應徵Cartier的專櫃小姐？』

我當然是丟過履歷了，而且還在履歷上註明我買了他們家的兩支手錶，可是結果這

履歷還是石沉大海，哎～～

「不是國際精品的珠寶公司啦，但印象中又好像常常看到這品牌，只是我總想不起來到底是怎麼常常看到、忘記名字是英文還法文的這珠寶公司。」

『這樣吧，在履歷上動手腳！』

「啊？」

『例如說……』瞇起眼睛，貴婦很認真的想了想，說：『馬大福是個畫家不是？』

「他認為自己是個畫家。」

我更正她。

而且小馬只賣出過一幅畫，而且還是我們大學畢業那年他生日我自掏腰包請貴婦買來捧場的，聽說那幅畫買回去的當晚就直接被貴婦擺到倉庫和舊傢俱們放在一起沾灰塵，倒是隨畫附送的裱框很被貴婦欣賞於是妥善珍藏著拿來掛她拍的沙龍照。

『而且還開了家畫廊不是？』

是可以這麼說沒錯。

雖然實際上那是小馬他們家那好氣派的辦公室最頂樓的一層樓，沒記錯的話好像是為了節稅還什麼的鬼，於是馬媽媽讓小馬以低到連台車也不夠的價錢買下的；不過儘管如此，那時候小馬還是專程找了設計師把它裝潢好的畫廊，並且還煞有其事的約了會計師處理了些相關程序好讓那地方在法律上確實就是個畫廊沒錯；只是那層名義上的畫廊裡不但健身器材擺得比畫還多，就是連保養品的數量都遠遠超過畫的顏料。

從畢業之後我就沒再看過小馬完成任何一幅畫了。

「這行不通的啦。」

『反正除了妳和馬大福之外，誰會曉得這些呢？反正妳就只管放手一搏把那張丟臉的空白履歷填上個畫廊總經理特助就得啦。』

「這樣好嗎？感覺好像會東窗事發而且還吃上偽造文書的官司最後被扭送法辦耶。」

『起碼這樣妳不但不用再變賣金飾，而且還有免費的牢飯可以吃。』貴婦一派開朗的說。『當然前提是到時候妳還有金飾可以賣的話。』

到底是為什麼我會和貴婦變成好朋友啊？

◆之二
馬嘉鴻

我的青春結束了。

當永恆的玉女上星期才驚嘆號的宣佈分手而這星期卻又充滿問號的決定復合時，我知道，我的青春結束了。

再見了！永恆的玉女，我從少男時代就深深迷戀到現在（嚴格說起來是上一分鐘）的夢中情人、完美女人，再見了。

祝你們婚姻不幸福撐不過半年，否則就太辜負我們愛了妳的十幾年青春。

在玉女話題結束之後，她們接著把話題帶到我身上，說的是電視上有個傢伙很像我。

「蔣友柏。」

我在心底默默說，果真下一秒她們就跟著這麼說了。

呃……嚴格說起來她們並非對我說，而只剛好我站在男廁裡尿尿於是透過隔音不好的薄牆壁聽到的對話罷了。這就是幹什麼當初成立這辦公室時我硬是堅持設計師要把茶水間擺在男女廁所的中間，並且還要求靠近男廁這邊的牆壁盡可能的要夠薄、隔音還務必越差越好，我甚至想過要問他能不能裝個竊聽器不過當然我是拉不下臉來問的。

照我說茶水間可真真是所有辦公室裡最有意思的地方了！在這種老闆、也就是我通常不會現身的茶水間，時不時總能聽到個什麼有意思的八卦來；而這會我正特地放輕聲音好聽仔細是哪兩個小王八蛋上班時間還混在這裡聊這麼久時，司機老李就往男廁探出他的大頭顱、『啊，總經理您在這啊！』的喊了一聲，這下可好，果真下一秒茶水間頓時也鴉雀無聲了。

我真吥這個胳臂往外彎的報馬仔老李，要不是他長得很像我國中時那個人很好的籃球教練，否則我早就叫他回家吃自己了。

「幹嘛！」

拉拉鍊沖沖水洗洗手之後，我讓自己口氣盡可能的差。

『董事長找您。』

「知道了。」

擺出一副有夠受不了又要被叫去開會的表情、我回答，雖然實際上我都差不多快要笑死了。

他們口中的董事長是小郭那個二百五，之所以會有這個搞笑的誤解完全是因為有天我一個無聊心想開個玩笑也好，於是叫老李備車載我去見董事長，殊不知到了飯店（不是和小辛的那個午餐約會飯店）站在門口搓著手（講過幾百次叫他不要每次都那樣搓手，實在是有夠難看）等著見我的人就是以前沒事就愛晃到辦公室來色瞇瞇打量女職員的小郭（後來這個二百五就被我禁止進入辦公室了）（同樣是透過薄牆壁從茶水間聽到的小抱怨，當然），從此這個二百五的誤會就這麼成型了。

雖然話說回來，當初要不是小郭那個二百五的話，如今確實我也不會當上總經理沒錯。

哦，更正：超級吸金的年輕帥氣總經理。

哈！

雖然也不是什麼不能說的祕密，不過我還真沒有告訴過任何人，連小郭那個二百五也沒想過要告訴他。大二那年的寒假過年結束的那幾天我記得很清楚因為那波寒流真他媽的冷，不確定是因為低溫還是年紀大或者兩者皆是，外公在那波操他媽的寒流裡心肌梗塞過世；處理完外公的喪事時寒假差不多也將近尾聲，那陣子我心頭一股怒氣無從發洩，既不想把註冊手續辦好也完全不跟我媽講話，每天就是拿著外婆給我的註冊費和街頭認識的朋友們鬼混，直到那天收到區公所寄來的入伍通知單時才曉得我已經被學校給退了學。

這對我而言倒也沒有什麼損失，反正本來我就討厭斃了那個學校，當初要不是不想讓外公氣得動刀動槍動拳頭的話，恐怕我是連大學都沒興趣去考的，這整件事情我只覺得有點對不起外婆，無論是把她交給我的學費花個精光，又或者從小到大一直讓她夾在難以管教的我以及脾氣剛烈的外公之間為難的這件事情也很抱歉。無論是對於總是護著我的外婆，又或者是最後長眠於國軍公墓的外公。

如果可以重來一次的話，我真的很想拾回每個害外公動脾氣的時刻，他的心臟是不是被我氣壞的？

每次想到外公我總是很遺憾他老人家走得太早，要不他知道現在的我可不是他始終擔心的變成大流氓（嘿！我右小腿那道大疤的來頭可厲害的）、卻是小有名氣的總經理，那麼他老人家就可以含笑而終了吧？我的人生也會因此而更完美了吧？這樣的話起碼他的子孫裡總算是有一個讓他滿意的，如果——

算了不要再講這個了，每次提起來我還是會覺得很傷心。

不過這倒是讓我想到下回不妨把總經理我的年少輕狂往事、還有外公與我的故事告訴小辛，哦、對了，還要記得明示暗示她把比爾蓋茲也沒念完大學的這故事順便寫進專訪裡。台灣的比爾蓋茲（不用說我當然比他帥很多）嗯，這標題正點，我想她家老編應該會讓這專訪上封面，那麼副標題也順便幫她想——年輕總裁。外婆與我，還有以前的外公——好了。讚啊！

無論如何我們這會兒說回小郭。

小郭是我當兵時遇到的學長，人長得是一副矮矮胖胖白白油油的欠揍模樣，我常在想如果換個時空背景遇到他的話，我一定二話不說就動手扁他而且硬是不用理由，因為他這個人就是不知何故的讓人看了會心生不爽想揍他；不過當時在部隊裡倒是從來沒有人動過他，連我也沒有，原因是這個二百五總是在口袋裡揣把厚不隆咚的鈔票好隨時為兄弟們買單付帳，就連放假時也總愛找大夥讓他請客喝酒以及其他，真是名副其實敗家子一枚，真搞不懂他爸怎麼受得了他？

儘管如此有時候我難免還是會心生柔情的想，這傢伙一定很寂寞吧？很寂寞又怕寂寞，要不怎麼會白痴到讓人只當提款機朋友還樂此不疲呢？

頭殼壞去的二百五。

就我所知小郭他家是祖傳世代的傢俱行，在我們認識的時候祖傳世代的傢俱行還沒有被這個敗家子偷偷賣掉、而我也還不是個總經理卻是猶豫著要不要簽志願役的前途茫然年輕人，回想起來要不是小郭這個二百五的話，這會兒我可真真會追隨外公的腳步當職業軍人去了，只不過外公是從小就立志要當軍人而我則是存心故意想氣死我媽。

總之後來沒當軍人卻成了總經理起因是小郭他退伍那天擠出一副可憐樣的問我：

『欸，能不能以後有空的話，每星期和我喝兩次咖啡嘛？』

「你他媽的再這樣搓搓手我就剁了你。」

『對不起啦，我又忘了嘛。』他嘿嘿的笑，接著把手藏到屁股後面繼續搓，接著這二百五再度可憐巴巴的說道：『這樣的話，我就可以每星期有兩天不用只是對著電視發呆了。』

他說。然後我就把手機號碼給他了。心生柔情，我說過啦。

只是沒想到在我退伍當天這二百五就立刻來了電話：

『欸，找個什麼出來聊聊嘛。』

找個什麼出來聊聊嘛。二百五小郭最常掛在嘴邊的一句話。

說來也真是沒面子，不過確實我人生中的第一個轉折點就是從這句二百五的話開始的。

那天我以為二百五小郭只是單純的想找個人坐在他對面一起吃個飯然後喝個酒最後找個樂子打發掉這一天，畢竟通常沒什麼人會想要坐在他對面吃飯喝酒找樂子、除非是他請客；結果沒想到那天二百五小郭不只是請客吃飯找樂子，他還想請我陪他一起工作。

『欸，我爸說他要退休、不要跟我一起工作，』在桌子底下搓了搓手，小郭一臉哀傷的說：『我想他大概是有點討厭我吧。』

好個不意外。

「不要，我的右腿有點小毛病沒辦法搬傢俱，而且搬傢俱會把衣服弄很髒，這樣我外婆洗衣服會很累。」

『不用搬傢俱。』小郭皮笑肉不笑的又說：『我們已經有兩名搬傢俱的工人了，你只要負責接待客戶就好。』接著他比了三根手指頭：『這薪水可以吧？不是很多但也不錯嘛？』

是不賴，而且離家不遠又可以不讓外婆擔心，於是我就答應了。

說正格的，那可真真是快活透了的三年，在郭家傢俱行的那三年。

如果你曉得所謂買傢俱這回子事可不是顧客在付錢時把沙發餐桌什麼的順便放進包

包裡帶走，而是店家（就是負責收尾款的我，我是說如果遇到正點的女顧客時我就會跟著親自去收尾款）把下訂的傢俱送到顧客家裡去，而通常大白天會有時間待在家裡等送傢俱的、沒例外都是些無聊的風韻猶存的少婦的話，那麼你就會明白接下來我不方便透露的這些那些有多快活。

讚啊～～

有天小郭終於憋不住好奇的問我，為什麼某些特定顧客都由我親自去收尾款不但是分趟的收而且每次回來時都春風滿面的口哨吹？於是我終於也憋不住的據實以告之後，隔天這個阿呆就開始自告奮勇的搶著出門收款了。也於是我深深明白到所謂人各有命這事指的是什麼，在連續送了三天貨之後，小郭終於遇到個對他有意思的傢伙，只不過這傢伙是個男的，而且還是個剛出獄的光頭刺青男，事後小郭說他這輩子從來沒有跑得活像衝百米。

『欸，沒搞頭嘛。』

那事不久之後，小郭丟下這句話，同時瞞著家人偷偷賣了這店面這地段這世代祖傳的傢俱行，在賺了郭家世代賣傢俱都沒賺到過的好價錢之後，小郭趕在被逐出家門之前自個兒先連夜落跑到台北；而我則是拿著小郭發的肥滋滋遣散費帶著阿嬤玩遍東南亞。

本來我以為這會是我和這個二百五完美的句點，但是誰曉得我才回來的當天卻立刻又接到他阿呆的電話。

『欸，找個什麼出來聊聊嘛。』

同樣是從這句話開始，不過這次二百五小郭要我當的是總經理。

當時我心想這阿呆要不是被坑了就是他查到了我不能說的祕密，但結果原來兩者都不是，結果原來是二百五小郭當初之所以冒著被趕出家門的風險賣掉祖產、為的是籌錢合資個鑽石事業。

『欸，不得了，沒有什麼比貴婦人的錢更好賺的嘛。』小郭在電話那頭說著，『現在萬事俱全只欠東風嘛。』

所謂的東風就是總經理，得上購物頻道推銷鑽石的上得了檯面的年輕帥氣總經理。

「不要，我阿嬤叫我回去把大學念完。」

我隨口唬弄這個白痴，但誰曉得這白痴卻誤會這是在拉抬身價的暗示。

『欸，這樣吧，月薪二十，很棒嘛？』

是很棒，但天曉得到底是真是假，反正重點是我不想丟下阿嬤一個人去台北，於是我說：

「我不喜歡台北。」

『欸，住的問題不用你擔心，會先幫你訂個旅館 long stay 嘛。』他硬是不肯放棄：『如果公司開始獲利的話，可以抽成不說，還幫你配車配司機如何？我一直就覺得賓士車好適合你嘛。』

「這麼好康的事你幹嘛不留著自己享受就好？」

在電話那頭他重重的嘆了口氣：

『欸，得上電視嘛、我起頭就這麼說了，所以我不行嘛！得是個能言善道的好看傢伙嘛！我想來想去、這事就只有哥兒們你可以嘛。』

然後我就答應了，反正我也沒什麼好損失的。

而且重點是雖然我也曉得不可以每次一被誇獎帥、就心情大好的啥事都說好，但是沒辦法，我就是帥，而且我樂的這事越多人知道越好，這事沒得商量，哈。

結果我簡直是一炮而紅，公司成立的第一年我就開始抽成還配車配司機，第二年我才曉得這二百五自己不當總經理的原因是他確實很不帥之外，最重要的是身為股東之一的這二百五、壓根不用像總經理我這樣勞心勞力的每天上通告管理公司就可以我賺多少他老子拿多少，真是呸他個二百五。

而這會兒，年輕有為的帥氣吸金總經理正走出男廁所、越過佔據整層樓的電話響不停業務部直奔電梯前，為的是快快甩掉追在身後的老李。

『報告總經理！董事長他找——』

「他可以等。」扭頭，我怒視他，「叫傅主任十分鐘後到辦公室找我。」

我發誓傅主任再不快點給我找個特助的話，我遲早有天會被暫代特助的太盡責白目老李給氣死，而在我氣死之前，不是她走就是他走要不乾脆他們兩個人一起𧺆人回家吃自己！

『報告總經理，請問是您的哪個辦公室？』

「你沒看到我正要離開這裡嗎？」

『明白了，總經理。』

電梯怎麼還不快來啊？

果真，白目老李接著又開口：『那麼，總經理，董事長——』

還好電梯就來了。

還好。

辦公室。

我總共有三個辦公室，這並不是在追求狡兔三窟的這句話畢竟我又不屬兔，而只單純是因為我很忙。真的不是我年少有成於是自大或者沒事就老愛提起我很帥的這個事實，不過確實公司能在成立第一年就快速地驚人獲利這事多少、不，應該說是完全得歸功於我是個人才而且很帥，重點是雖然貴為總經理卻願意凡事事必躬親的這工作態度。

一開始我們的公司只有這層樓的一半，如今回想簡直難以相信當初我們是怎麼把所有部門都擠在這小小的空間裡，不過那也都已經是過去，因為一年之後太賺錢的我們於是需要更多的員工所以便擴張到這整一層樓、同年再度擴張把這整一層樓全留給業務部門而把行政部門移往上一層樓去，這兩層樓都留有我的辦公室，只是我在哪都待不久。

我比較常待著的第三個辦公室位於這商業大樓出去左轉角巷子裡的白色小洋房，小洋房裡還有我最重視的企劃團隊外加 Steven 以及一直換來換去的特助連我共六人；當初之所以把他們帶出這棟平凡到令人生厭的商業大樓獨立於小洋房的原因之一是他們的工作內容我希望能夠保密，而業務、行政部門的人又總是太熱衷於八卦交流（感謝牆壁很薄的茶水間，再一次），原因之二則是他們都滿古怪的，實在和這商業氣息太重的業務行政團隊格格不入。

可是天曉得我是真的很愛他們，我說的不是和小辛的那種得來速的愛，而是接近家人的那種愛，比對我媽還愛；這事我從沒告訴過任何人不過我深信在某一個前世裡我們肯定就是一家人沒錯，否則我也不會執意把他們帶到本來我是想買來當作台北住處的小洋房。還有老李也是，要不是考慮到他可能會因此被辭退的話，我還真真捨不得把小洋房租給公司收取高額租金，住這麼近就不需要司機了吧？雖然明知在股東會議時他們應該不會這麼說，不過萬一他們就是這麼說了咧？我能拍桌子說他媽的我就是要用老李不然他生病的老母親和兩個還在念書的小孩你們養啊？

算了，不要講這麼感性的事情，我都會被自己感動死了。讓別人知道我人很好這可不是我的本意。

還是講講他媽的傅主任比較心情愉快點。

要不是長得很像我杜爛很久的、只認成績不認人的勢利高中班導師，否則我也不會聘用他媽的傅主任。

「找個對的特助有那麼難嗎！兩年走掉十四個特助這能看嗎！」

這會，年輕有為的帥氣總經理我正在我的大本營辦公室裡，抽雪茄蹺二郎腿對著他媽的傅主任頤指氣使外加大呼小叫。

『報告總經理，是十二個。』

「我是花錢請妳來頂嘴的啊？」

『對不起，總經理。』

好爽。

「這幹嘛？」

瞪著她遞到我桌上的文件夾，我疑惑。

裡頭不會是她的離職信吧？她終於受不了我了嗎？她的沒路用老公終於肯抬起屁股出門去工作了嗎？還是她真的中了那白痴彩券的頭彩？

『報告總經理，我想或許該由你——』

「您。」我更正她。

『對不起總經理，我想或許該由您親自面試才能找到真正適合您的特助吧。』

原來是這樣。

我鬆了口氣，然後立刻再一次的大呼小叫：「我親自面試？」我提高音量：「妳要這個一分鐘就為公司進帳幾百萬的總經理我親自面試？有人形容比爾蓋茲在路上看到張百元大鈔都不能彎下腰去撿，因為他彎下腰的這一秒賺的都不只這一百塊美金，這麼說妳懂我意思嗎？」

天哪！我真的好愛表演，要不是太辜負我的商業長才、否則我真真想去從政咧。

「那我他媽的花高薪請妳這個人事主任幹嘛啊？」噴她個滿臉雪茄，「連面試都要我自己來，那妳薪水是不是要分我一半啊？」

她低頭開始掩面偷哭。

好吧，今天就先混帳到這裡好了，明天再繼續找她麻煩。

拿起資料夾，我咬著雪茄說：「知道了，退下。」

『謝謝總經理。』

「妳是該謝我。」

硬是補上這句話之後，我才心滿意足的翻開這履歷表，接著三分鐘的時間過去，我的視線定在履歷表上她前一份工作的公司名稱上面動不了：大權畫廊。

闔上資料夾時，我心情大樂，這他媽的傅主任！她了解我！

我就知道她知道我什麼！

第三章

領。悟

◆之一 柯靜頤

後來、我是說很後來的那種後來，我才知道原來傅主任壓根連看也沒看過我的履歷，我甚至有點懷疑她連那天究竟是打了電話給誰來面試都搞不清楚，她實在是吞了太多鎮定劑、以致於腦子早已經飄到千里之外了，不過當然這是不能說的祕密，我知道。

後來、我是這天之後的後來，我才知道如果不是聽了貴婦的話搶在面試之前親自送上動了點手腳、加了點工作經驗的履歷，否則這份工作也不會輪到我面試，並且我們花了整晚外加兩瓶紅酒的沙盤推演也是白費工夫——傷腦筋！人力銀行居然忘記把我的工作經驗填上去了啦！不好意思哦、現在我手上這份才是正確的履歷哦——老天爺！真是白痴才會相信這堆鬼話。

不過還好的是、傅主任不是白痴，她只是個不幸的女人因為生活壓力太大（老公吃軟飯，老闆太混帳）於是過量服用鎮定劑以於腦子從不定在眼前卻是遠在千里之外。

不能說的祕密、當然。

這天，我事先打了電話帶著動過手腳的履歷來到地址上的這辦公大樓前面時，我就已經絕望的想要掉頭走人、一路跑回家去鑽進棉被裡抱著紅酒開懷痛飲同時嚎啕大哭，直到我的人生它好神奇的自動好轉為止。

就是這種辦公大樓！灰濛濛的密麻麻的鑽了好多窗戶的遠遠看好像並排火柴盒的隨處可見的該死的讓我處處碰壁的辦公大樓！坐在這裡頭的傢伙通常看也不看我的履歷、要不就是約了面試結果卻石沉大海不錄取我、更別提還有一次只是把我叫去當笑話看（三十歲還沒工作過是惹到誰？）！它們全都一個樣，高傲自私又現實，它們簡直比男人還要壞！我呸它個——

唔……手機響起：

『妳到了嗎？柯靜頤。』

時間算得真準、這貴婦。

「嗯啊，正要走進大門。」

然後我就忘掉先前的那些呸呸呸而真的走進大門了。

『我告訴妳哦，等一下我沒辦法陪妳去銀樓了——』

「啊？可是我不敢一個人走進銀樓去賣金飾啊！」

我根本就不知道該怎麼開口啊？捧著一堆金飾獨自走進銀樓裡變賣的女人一定會被老闆瞧不起的吧？銀樓老闆根本連頭也不抬然不理我吧？說不準他還會數落我一頓吧？天哪～真是光想就可怕！

「我光想就可怕啊！」

『妳都已經三十歲了、柯靜頤！』然後一點誠意也沒有的，這見色忘友貴婦發誓：『我發誓我是真的很想陪妳去告別妳的二十歲，但我就是臨時有個約會嘛，妳一個人沒問題的啦。』

「我——」

『下次見面我再告訴妳詳情喲、是個檢察官耶，有房有車、沒有負債而且收入穩定，這些我都先調查好了，這次絕對不會再被騙財騙色了，哈！祝福我吧、柯靜頤！』

去死啦。

「好啦，我要進電梯了。」趕緊打斷貴婦，我說：「下次再聊囉。」

『好吧。』然後，她說：『加油啊！柯靜頤，好人是有好報的！』

對！就是這句話！我需要的就是這句話！

加油啊！柯靜頤，好人是有好報的！我的人生是被我搞砸了沒錯，但除此之外我還真的沒做過什麼壞事說來我算個好人沒錯！加油加油加油！

加

油

進電梯，出電梯，十二樓——

大概是被我手上的愛馬仕還有一身的香奈兒誤導，櫃檯小姐一見到我就笑盈盈的說您好，接著領我去到沙發好大好軟好好坐但咖啡卻難喝得要命的貴氣珠寶展示中心問我今天想買戒指還是項鍊。

『是送人還是自用呢？』

「呃……我是來找傅主任的。」

我心虛的說，我懷疑她會立刻把我手中的咖啡收走。

『哦……是傅主任的親友嗎？』她依舊好親切的笑著：『雖然公司規定是不行但因為您真的好合適我們家的珠寶，所以我相當樂意私底下給您折扣的喲！只是千萬不能告訴別人哦！』然後，重點依舊：『除了有色珠寶和鑽石之外，我們也有高品質的鑽錶，我注意到您沒戴手錶，是不習慣戴錶還是找不到能配得上您的錶呢？』

「呃……不，我今天是來面試的啦、其實。」

『往裡頭走倒數第二間辦公室。』

她說，接著下一秒我就不再存在於她的假睫毛底下，而且她還真的立刻收走我手中的咖啡杯，我想大概我也沒可能再是她口中的您了。

往裡頭走，倒數第二間辦公室。

「請問？」

『我以為我們約的是三點？』

一個眼睛圓圓嘴巴圓圓臉頰也圓圓的、整個人明顯感覺出她神經繃得緊緊的、四十歲上下女性從電腦螢幕前慌張的抬起頭，接著幾乎是同時的她捉了顆藥丸和著水灌進喉嚨裡。

「呃……現在就是三點。」而且我們約的是明天，「早先我打過電話來，因為人力銀行——」

『太好了？』她睜著圓圓的大眼睛接過我手中的履歷，然後自言自語似的小小聲：『這是個好主意？天曉得我真的好討厭印表機？還有傳真機也討厭？』視線移到我履歷上的大頭照，這會她才想到似的抬起頭看著我：『所以妳是來？』

「面試，總經理特助。」

她滿腦子疑惑的低頭再看看履歷又抬頭看看我的臉：『妳換照片了？』

「呃……沒有耶。」

『那可能本人和照片差比較多吧？』她用這解釋作為這話題的結束，接著又問：『我們約的是今天？』

「明天。」

『我是今天打給妳的？』

「昨天。今天是我打給妳的。」

『哦……』再度小小聲的：『原來我昨天是打電話給妳？』

接著，立刻，又是一顆小藥丸丟進喉嚨裡。坐在桌前距離比較近，這會我總算看清楚她丟進喉嚨的這顆粉紅小藥丸，好像曾經在什麼電影裡看過的粉紅小藥丸？沒記錯的話好像是鎮定劑還百憂解？

『那麼？』轉過頭，我聽見她說：『我們約的是明天幾點？』

「三點，下午三點。」

她立刻摸出一本N次貼把明天下午三點這六個字好用力的寫上去、接著撕下來貼在我的履歷上，同時她把貼著N次貼的履歷收進一個很新的文件夾裡，最後又東翻西找的遞來一張名片：

『企劃部的辦公室是在這裡？』

我這才發現她講話時習慣提高語尾的音調，以致於每句話聽起來都像是疑問句，我後來才搞懂那是她私底下的個人習慣而非疑問表達。

『明天請直接到這裡？就在這棟大樓左邊轉角巷子裡的白色小洋房？很好找？』然後，小小聲：『滿漂亮的房子我是真的喜歡它、只是我每次看到它就好緊張？說著說著我待會又得去那裡？』越來越小聲，以及越來越疑惑：『老李是十分鐘前告訴我的嗎？哦～糟了個糕？』

拿著文件夾她起身，抬頭她一臉疑惑的看著我：『妳是？』

「面試，總經理特助。」

『我們約的是今天？』

「明天，下午三點。」我指著她緊緊抱在懷裡的文件夾：「我今天先送履歷過來而已。」

『太好了？這是個好主意？』然後，又是小小聲：『哦、天啊？老李是走多久了？十分鐘了嗎？又要被罵了吧？算了、反正也習慣了？』幾乎是立刻，她又掏出一顆粉紅小藥丸。

「呃……妳剛剛已經吃過了，已經兩顆了，在十分鐘不到的時間裡。」

『是嗎？』她還是又吞了進去，『一起過去嗎？就在轉角的巷子裡而已？』

我是明天，下午三點。我在心底說，然後對她說：

「我和妳一起出去好了。」

『太好了？』

太好了！這家公司正常嗎？

和傅主任一同走出這棟辦公大樓時，再一次的我又興起放棄的念頭。算了吧？反正這是一家只消兩分鐘就可以輕易察覺出並不正常的公司，看看我身邊的這位人事主任就知道。

真的算了吧？反正正常的公司都不會錄用我了，如果連這樣不正常的公司都對我謝謝再聯絡的話，那麼我的人生豈不更雪上加霜呢？那麼何不在此之前就放棄掉給自己留點最後的尊嚴呢？

把愛馬仕握得更緊，我心想、裡頭的這十枚金飾應該還夠解決卡費再撐過這個月吧？如果我決心把信用卡剪掉並且真的三餐只吃泡麵的話；至於下個月的生活費就再繼續賣金飾好了，只是我真的想要讓自己淪落到連三十歲的生日禮物還有象徵性的現在這個我都變賣掉嗎？哎～～想著想著我都想哭了。

如果真有來生的話，老天爺能不能好心點讓我投胎轉世當個鴕鳥成天只消把臉埋在土裡過活就好呢？這樣的話來世我起碼還可以把身上的皮貢獻給愛馬仕做個凱莉包啊！當然我是說如果來世我是隻夠幸運的鴕鳥啦。哦～～柯靜頤妳真是去他媽的！居然沮喪到想要當懷裡的包包，真是呸呸呸！

『到了。』

身邊的傅主任發出聲音，這我才驚訝的發現不知不覺中我竟然一路和她走過了街角來到這巷子裡的白色小洋房面前；我還驚訝的是不過才一個街區的距離、眼前這傅主任居然判若兩人的恢復了正常，她不但眼神聚了焦並且就是講話都條理了起來。她的腦子是什麼時候飛回來的？在我想要變成鴕鳥把臉埋在土裡過活的那一瞬間嗎？

『那麼，明天下午三點這裡見囉，加油！』

她一副就是人事主任的口吻說，接著就這麼轉身翩然地踏著木頭小橋走進這棟白色小洋房。

我尤其最最驚訝的就是這棟白色小洋房。

白色小洋房。

七年前我就曾經來過這裡了，只不過那時候我搭的是計程車而不是捷運，因為下車的方向不同所以直到站在它面前我才想起其實七年前我早就來過這裡了。

它的外觀依舊沒有改變，原本應該是車庫的前院被奢侈的規劃成日式噴泉景觀還有好禪意的石頭小池子和橫越小池子接連前院大門和白色小洋房的木頭小橋，那時候我還很好奇的蹲在木頭小橋上想看看小池子裡會不會有幾條小魚好快樂的游來游去（結果還真的有，而且不是紅龍，真是萬幸！），主建築物的白色小洋房是那種住在天母或陽明山的人們會選擇的、非常不都會、而且還溫馨得很的好可愛的小洋房，小洋房我唯一不愛的是它沒有電鈴這件事，天曉得我真的是恨死這一點了、每當郵差送掛號信或是訪客來時，我們都得打開二樓的窗戶大聲的喊：等一下！這真的是讓我覺得尷尬得不得了。

白色小洋房室內大約二十來坪，推開大門進去首先會注意到的是就在眼前的木頭長桌、同樣日式得很。

『桌身是鐵刀木，桌面是手工的牛皮紋路。』

不知道為什麼那時候老闆娘還特別告訴我這件事情、這鐵刀木這手工牛皮紋路。

長桌的右邊是三人座的長沙發，長桌的後方是穿過天花板直達二樓的牆面書架，書沒擺滿因為書架主要是設計來遮住位於它後方的樓梯；書架的左側是簡易的吧台，簡易到吧台上只擺著一台看起來好貴的咖啡機在最右側靠牆的地方；吧台後方的牆其實是道隱藏的門，門推開之後是廚房和洗手間，小小的廚房和大大的洗手間，不難看出老闆娘覺得什麼重要什麼無所謂。

延伸到二樓的牆面書架把二樓的空間巧妙的分割成兩個區塊，內側是老闆娘的私人辦公室，靠近門前小巷的外側則是開放式的辦公區，原本可能是陽台的空間被外推成一面大又寬的玻璃窗，往下看去還可以和游來游去的魚兒們打聲招呼，只不過當時我真的是恨死這面玻璃窗了，我總是笨手笨腳的誤觸保全警報惹來一陣嗶嗶聲響，我有點懷疑當初是因為這樣所以決定離職的。

而三樓我就不曉得了，或許是倉庫或許是老闆她住的地方，不曉得，直到離職的時候我還是好想知道那保留了陽台而非外推成該死的保全玻璃窗的三樓會是什麼樣的一個空間感呢？

我其實有過工作經驗，只不過這事只有我和小馬知道而已，而且只工作了三天就連辭職也沒對公司說一聲的這麼不負責任不去上班。

那是我大學畢業那年的事，那時候我還滿心歡喜的期待自己即將會有所作為、變成社會的中堅份子，或許還在三十歲那年還能成功成為時髦迷人又不失甜美的職場女強人。

殊不知實際上變成三十歲的我反而比較像是泡在紅酒裡的愛哭鬼——哦、別提這些鳥事了、柯靜頤！加油啊、振作起來！加油加油加油加油！雖然看來是當不成女強人了、但妳依舊可以是個甜姐兒！

加油

那時候我也是在找工作，丟了好多履歷也吃過不少閉門羹不過卻樂天的不太在意這些小挫折，因為我知道自己即將有番作為、而沒邀請我去工作則是他們天大的損失；想來我那時候真是自信多了，年輕就是有這好處：我們還得要好幾年的時間才會知道原來自己完全不會是自己想像中的那麼一回事，哈哈——哦～該死的柯靜頤！不是才說不提這些了嗎？混帳！

總之那時候我在人力銀行看到這棟白色小洋房前身的廣告公司所發佈的徵才訊息，幾乎是立刻的就被這則有別於當時其他公司硬邦邦的徵才訊息給吸引：如果妳也是喜歡手做／手創的夥伴，歡迎加入我們的小世界。

夥伴耶！當時我在心底這麼歡喊著，懷抱著溫馨的情感我先在電腦前虔誠的許願然後才認真的丟了履歷過去，接著沒幾天之後我就接到她們的面試通知，後來想想我有點懷疑是不是那天被老闆娘看到我蹲在木頭小橋上看魚所以才決定錄取這個沒有工作經驗的剛畢業的我。

『妳看起來很不社會化，我喜歡妳這點。』

事隔多年我還記得那時候她對我說的這句話，還有她告訴我吧台後面那道偽裝成牆的門。她為什麼不順便告訴我、三樓到底是作什麼用的呢？

隔了一個星期我滿心歡喜的去上班，卻在第三天就敗退回家哭倒在小馬懷裡傾訴著我好委屈——「都不能準時下班！」「只能自己去吃午餐！」「叫我去買咖啡要走好遠，可是明明吧台上就有一台咖啡機！」「我真的好討厭得從二樓往下喊等一下，又不是在演來電五十！」……諸如此類，丟臉丟臉。

『辭職啊，乾脆和我經營畫廊好了。』然後，最關鍵的一句話來了：『反正我養得起妳啊，我小馬的女人是沒必要辛苦工作的。』

然後，七年之後，確實是沒有必要工作的小馬說他很迷惘，於是他的前女人此時此刻就站在這裡，這白色小洋房面前眼巴巴的希望能有份工作、好讓自己能夠繼續活下去；手裡拎著他送我的愛馬仕凱莉包，裡頭一張鈔票也沒有只除了我媽每年送我的生日禮物為的是把它們賣了變現籌錢好讓自己能夠繼續生活下去，真他媽的！

「真他媽的！」

我憤憤丟下這句話，接著扭頭走出這條巷子、走進路上我看到的第一家銀樓，打開凱莉包，掏出十只方盒子，我堅定的望著老闆，毫不猶豫的說：

「這些我都要賣掉！」

◆之二　馬嘉鴻

「總經理的一天。」

我告訴老李的後腦勺，不過他並沒有聽到，因為老李正在專心的開車，而且實際上我也沒有說出口。

我只是在心底練習著這題材以備有朝一日小辛會用這主題來訪問我，雖然目前她好像沒這打算我曉得，不過未雨綢繆總是好事，而且我相信這世界上一定有很多人相當好奇我們總經理都是怎麼度過每一天；再說反正到公司還要十五分鐘，所以閒著也是閒著。

而且我今天沒有心情看報紙，玉女居然真要嫁那賤男，他們為什麼不只炒炒新聞然後復出就好！

呸。

總經理的一天。我在心底從頭來過默想著，就例如今天好了：

早上八點一刻我按下響到第三聲的鬧鐘跳下床（我喜歡活力充沛的跳向我的每一天），在十五分鐘之內尿尿梳洗穿西裝再喝杯加了少許鹽的500c.c.溫開水（這對排便很好，相信我），接著八點半一到老李會準時的出現在樓下載我去上班；到公司的車程約莫二十五分鐘，前十分鐘我吃老李預先買好的早餐，後十五分鐘我翻翻同樣是老李在路上買來的三份報，主要是檢查我們家產品的廣告。

雖然是個題外話、不過其實在車上看報紙很累，光線不夠又不好翻頁，不過我就是熱愛這個調，真是超格調，重點是那畫面任誰看了都會說很帥。

想想：年輕帥氣的總經理坐在車後座若有所思看報紙，接著車一停門打開，他西裝筆挺的走出賓士車，他揮揮手他微微笑，威風八面的好像全世界只是他手中那條事業線，不過重點當然是他手腕上那只華麗度直逼勞斯萊斯的鑽錶，告訴消費者什麼是成功、品味和瀟灑的男人鑽錶，最後鏡頭一定要特寫到！

這就是讓我們家手錶一炮而紅的廣告，源自於總經理我本人的發想，哈！

8:55分秒不差我現身公司電梯前（我指的是辦公大樓那一個）以身作則準時上班很重要這原則；九點一到我召開全體員工大會，同樣是分秒不差、並且要老李把這天遲到的同仁關在會議室門外罰站，這員工大會通常是十五分鐘左右的精神談話以及公司政策的宣佈，不過今天破例延長成為一個小時，為的是有些難以開口的話題得預告。

話題。

我簡直不敢相信昨天晚上在雪茄館裡啜啜紅酒抽抽雪茄的男人公事之夜裡，那個二百五小郭跟我說的二百五話題。

『欸，不景氣嘛。』

劈頭小郭就這麼說，見我沒理他的打算，他於是只得乾乾的又重複了一次：『欸，我說這波不景氣真是害慘我們有錢人了嘛。』

果真沒錯他把我找來要說的就是這個，於是抽抽雪茄再啜啜紅酒，我好整以暇的把準備好的應對之詞說給他聽：

「還好我們這三年還真是把往後三年預計要賺的錢也都賺下來了。」

我想我這話說得是夠明了，但結果二百五小郭卻更明著說：

『欸，他們要的不只是公司繼續經營而已嘛。』

他們。只要小郭傳達的是什麼二百五訊息時就會把明明就包括他自己在內的股東稱之為他們。

『……要的是繼續賺錢，沒辦法像這三年吹吹手指頭就海賺一票這難免的他們也曉得，不過也不能只是打平而已嘛，沒人喜歡做白工嘛，尤其是老闆們嘛。不然錢放定存生利息就好了嘛。』

腦子裡我快快回想上一季的公司財報，心裡頭我不禁同意小郭說的這二百五還真他媽的對，不過嘴上我還是說：

「你有屁就快放。」

『欸，無薪假嘛。』他搓搓手然後賊賊笑：『現在大家都這麼做嘛！沒道埋我們不跟進嘛。』

然後，重點來了，從口袋裡拿出預先寫好的小紙條，小郭唸稿子似的說著：『他們說行政部門的人員起碼要精簡一半，反正我們公司一向是責任制所以讓行政人員加加班也沒差；業務部除了Top 10之外都要放無薪假，不過他們還是可以到公司繼續上班拚業績獎金沒問題。』嘿嘿賊笑之後，這二百五把小紙條折好重新收回口袋裡，一副好像他今天的工作就此完成似的，啜啜紅酒又抽抽雪茄之後，他說：『欸，以上那些當然也是他們說的，我一向不管事只傳話，這你是知道我的嘛。』

我知道的是這二百五一向是善於把事情和責任都推得一乾二淨。真他媽的。

「那高級主管要不要一併共體時艱減薪啊？」

說完，小郭一副這才想到似的又拿出小紙條，啊一聲的說：『欸，寫在背面所以剛才沒說到嘛。』嘿嘿笑，『欸，是塊料嘛、小馬你，我們就愛你這舉一反三的好腦袋。』

這會又變成我們而不是他們了、這二百五。

「那紙條的背面是不是還寫著總經理也要帶頭減薪啊？」

他看起來像嚇壞了：『欸，你這話就太見外了嘛！誰都知道沒有你的話、這公司也不用做了嘛，我們股東也一個個把錢存銀行靠著定存退休算了嘛。』手搓得更快、這小郭：『你不會動，你的人暫時也不用動。』

「我才不在乎我媽被減薪多少。」

『欸，想哪去，我說的是你的五人小團隊。』

「哦。」

那我就放心了。

「是六人，包括老李。」

『欸，說到那個司機——』

「老李。」

『啊？』

「我們叫他老李，不叫他那個司機。」

就像我還是會喊你小郭而不是直接喊你二百五這道理是一樣的。

『對，我要說的就是老李。』啜啜紅酒又瞄了瞄我，小郭這才便祕似的說：『欸，我剛看到你自己搭計程車來的嘛？說來這還算是工作時間不是嘛？』

因為與其讓他年邁的老母親自己搭計程車去醫院洗腎還不如我自己搭計程車去飯店，怎樣嗎！

「我會回去 on 節目。所以怎樣嗎？」

『欸，只是問問，別動氣嘛。』

「嗯。」

『欸，心太軟了嘛、小馬你。』

最後，小郭這麼說。

而這會兒，我人就坐在辦公室裡望著老李拿進來的會議紀錄、暗自思索心太軟的這件事情。

「你會覺得我心太軟嗎？」

我是很想這麼問他的，不過想也知道老李會回答的是什麼，我指的不是他告訴我的職場答案，而是他心裡的 OS。所以我沒開口問，我只說：

「門關上。」

『是的總經理。』

指著面前的椅子、我要他坐下，看得出來老李滿心不安，我懷疑與其要他和我面對面談一談、他還可真寧願去掃廁所。

有次我還真的看到他在掃廁所，後來問了才知道原來那天清潔阿桑請假。

清了清喉嚨，我說：「除了開車之外，你每天在公司還做了不少事吧？」

『是的總經理，這裡幫一點那裡跑跑腿，盡是些不打緊的小雜事。』他靦腆的笑笑：『我們客家人天生閒不住。』

「昨天我看到你去寄信？」他點點頭，神色緊張，看得出來他是真的想立刻就去掃廁所。「會計部不是有他們的工讀生？除了貼郵票之外、他連屁股都不肯抬一下？」

他噤口。心太軟，我想這點他和我一樣。

『去擬一份裁員名單，下班之前送到那邊的辦公室給我。』

『是，我這就去請傅主任——』

「我說的是你去擬一份裁員名單給我，傅主任也會在上頭。」他僵住。「不得走漏風聲，名單我再確定之後會另行公佈。」

『可是傅主任——』

「她實在吃太多鎮定劑了。」

或許這會警惕她沒路用的老公從此不能再把抱怨當飯吃。

「我還要擬一份公文。」指著桌上的紙和筆，我要他寫下：「你接替人事主任，我會給你加薪但不會有傅主任的多，在此之前你還是得開車接送我，直到我找到新的特助為止。」

他停下動作：『可是總經理，我沒念過大學。』

「真巧我也是。」不，我是沒念完。不過管他的，那又怎樣？我繼續說：「業務部門全體同仁底薪減半但業務獎金double，即日起生效。」

我等他寫完，然後想了想，才說：

「明天之前再給我一份高級主管的減薪名單，他們實際的工作狀態我想你也是最清楚的吧？」

老李這會沒問我意思是什麼，他只是默默的點頭，我想他可能也忍受那堆陽奉陰違的傢伙很久了吧？

最後，我提醒他：

「會計主任也得在減薪名單裡，不用因為她是我媽就不敢動她。」

在他倒抽一口氣的同時、我邊起身邊交代：

「我待會要和業務部開會，之後會輪到會計部。下午三點我有個面試，四點我們要到攝影棚，叫雪莉她們在午餐之前把run down先給我——」今天是星期幾？「今天是星期幾？」

他回答我，接著在心底我提醒自己待會記得打個電話給小辛。

「那麼兩點左右我會過去和她們討論，下班之前你務必把以上的簽呈和公文擬妥給我。」最後：「記得去給自己買幾套西裝，趁著最近百貨公司又下折扣。」

本來我以為和小辛的午餐約會會是今天唯一放鬆的時刻，結果沒想到這下午三點的面試反而更令人愉快。

「質感。」

我篤定的告訴她。嗯……嚴格說來我是告訴她的胸部。32D，我眼角餘光的目測是這麼告訴我的。

原來那傢伙喜歡胸部豐滿的女人，這點可真真不教我意外，我一向就不懷疑他的戀母情結；我記得那些小時候的暑假，在他家那華麗到俗氣、外頭庭院還有鳥兒掛在樹上啾啾叫的笨蛋大客廳裡並肩端坐在他媽媽面前的下午，他媽媽要是叫他喝巧克力熱牛奶、他可會連我手中的橘子冰汽水都不敢斜眼瞄，天曉得那時候我可真是有夠同情他：天氣那麼熱還非得喝熱牛奶。要是他長大後變成個細皮嫩肉的白白小娘炮、我也不會覺得奇怪。

我比較覺得奇怪的是眼前這女人。

從她履歷上的照片看來是長相端正的清秀佳人，而她本人又比照片多了點搶眼但不是會有距離感的那種漂亮，不知道她是那傢伙的現任女友還前女友？我猜應該是後者吧？不然她幹什麼需要個工作？那傢伙的女人不是通常只要好美的擺在他身邊當個展示品就好嗎？那可一向是他們的家族傳統，不過當然他的那個工作狂媽媽是個例外。我經常懷疑她當初之所以嫁給他的企業家老爸完全只是因為她自己那小小的賺錢公司已經滿足不了她。

不過當然這些都不關我的事，那是他家的事。

「……品味。」

低頭我望了一眼手錶上的時間，抬頭我繼續對著她說早上在員工大會的那些精神談話，同時繼續不著痕跡的打量著她。

她看起來不但畏畏縮縮並且明顯充滿疑問的樣子，我懷疑有什麼老闆會希望自己的特助畏畏縮縮又充滿疑問並且看起來好像隨時會大哭一場的樣子，當然，如果他們本來就是情侶則不在此限。

哈！

好吧！不要太得意忘形了，她只是看起來笨而不是壞，並且公道點說、起碼充滿疑問這事可不能怪她，畢竟少有老闆會在面試的時候洋洋灑灑的說盡公司願景、產品優勢以及成功之道——這是今早在全體員工大會時我發表的演說，每個月我們總會開這麼一次全體員工大會，說來像我時間如此寶貴的年輕有為吸金總經理是不該這麼浪費時間在這種事情上面，但想到這可是那些女職員們唯一能夠近距離接觸我的機會、則又讓我心生柔情的願意擠出這每個月的一咪咪時間給她們。

而這會兒我不也正在虛擲時間在假裝面試她嗎？儘管我想不透幹什麼當她走進辦公室時就改變主意把原本設定的一分鐘延長到已經十分鐘超過？我想我多少是有點同情她吧？對男人的品味不佳而且還笨得希望我會錄取她。

再說她那雙直又長的美腿還真不是蓋的。

「妳滿適合當專櫃小姐的，妳的外型有說服力。」

如果我夠好心的話，我就會這麼建議她。所以此時此刻我告訴她的是：

「還有什麼問題嗎？」

說完我低頭看錶：她已經花掉了我十八分鐘的時間，真是好一場昂貴的面試。待會去找傅主任要她自己重新面試特助時，可別忘記把她臭罵一頓——妳曉得十八分鐘我能替公司賺進多少錢了嗎——這樣。

再抬頭，我看見她作了個深呼吸，整個人因此而放鬆下來，我懷疑她早知道我沒打算錄用她、而只是不好意思打斷我而已；我看見有個問題來到她的嘴邊又硬生生的嚥回喉嚨，而她也發現我發現了這點，這個我倆的發現此刻又讓她重新緊張起來，可能就是過度緊張導致她方寸大亂而開始胡言亂語。指著橫在我們面前的長桌，她突兀的說：

『這是鐵刀木。』

「什麼？」

『不！』她慌慌張張的搖頭想改說些什麼在這場合之下、正常人都會說的話，可是下一秒她說的卻是：『這桌身是鐵刀木，不過桌面是手工牛皮製成的所以它很貴。』

我發現我得忍住才能不笑出來。

她還在繼續介紹這張桌子：『……原來它是搬到這裡來，我剛剛看一樓是完全改掉了所以以為——』然後，她倏地閉上嘴巴，然後放棄掙扎：『對不起，我不知道自己在說什麼，不好意思浪費你的時間了，我想我還是和這小洋房沒緣分吧，雖然我是真的打從心底喜歡它。』

她拎起包包準備起身離開，她那雙直又長的美腿重新佔滿我的視線重心，我聽見我問她：

「妳以前在這裡工作過？」

『三天。』她喪氣的說，『因為只有三天所以沒填上履歷的工作經驗，是設計兼文案的工作，可是那三天我卻一直在買咖啡還有折紙條還有說等一下。不過我當初是真的不應該離開的，我真希望那時候自己可以成熟一點，我想我的人生可能就是從那個決定慢慢開始出差錯的吧？』又倏地閉上嘴巴，然後再一次的道歉：『對不起我又在胡言亂語了，我一緊張就會這樣，而你一直看錶又讓我覺得好緊張。』

我停住看錶的動作：

「無論如何它還是收了，那家廣告公司。」我說，「妳剛剛想問又沒問的是這個？」

她搖頭，然後難為情的笑著。我感覺我好像又心生柔情了起來。

「為什麼離開前一個工作？我指的是畫廊。」

『因為老闆是個白痴，他自許是安迪沃荷再世但其實他什麼也不是，畫廊唯一的顧客是他的媽媽，好像買畫可以做什麼帳節稅之類的，唔——』

然後我又笑出來了。

『真的對不起，我搞不懂我說這些幹嘛，實際上我好像從一開始就不應該開口。』她的耳根子整個燙紅，『他其實是我的前男友，我說的是畫廊老闆。』

這我早就猜到了。我心想，但我沒說，我說的是：

「妳會開車嗎？」

她傻傻的點頭，反應不過來，接著，連我自己也反應不過來的是，我說了從頭到尾都沒打算說的話：

「明天就開始上班可以嗎？」

因為直到她離開之後，我都還是在笑著的，而，這是這兩天我唯一笑得出來的時候。

第四章

重。生

◆之一
柯靜頤

我實在不應該那麼緊張的，尤其我又是那種一緊張起來就會開始失去意識胡言亂語的糟糕個性。

當然我早先就知道面試本來就是個會令人心生緊張的場合，所以我早在前一晚就拉著貴婦求她扮演面試者讓我預先練習（結果誰曉得貴婦從頭到尾都在講她和那位檢察官先生的新戀情），只是我萬萬沒有料想到的是，這次居然會被個外型貌似蔣友柏的帥氣總經理面試。會當總經理的人難道不都是那種年紀大大、頭髮薄薄、肚子凸凸、臉皮油油而且西裝上還隱隱散發著樟腦油味道的中高齡歐吉桑嗎？

在結束充滿驚喜的面試走出白色小洋房時，我在心底這麼告訴二十歲那年的自己：除了難以置信三十歲的妳一事無成完全不是那麼一回事之外，十年後的妳依舊是那個在喜歡的男生面前會緊張到手足無措的柯靜頤。

覺悟吧妳！哈哈！

還記得第一次和小馬約會時，他只是問我興趣嗜好有哪些？結果我卻因為過度緊張而開始介紹起自行車來，當小馬的禮貌配額超過疑惑配額、而不得不溫和的打斷我時，天曉得我是真的感激他這麼做，只是接著我卻又緊張起來的解釋那是因為我小姑姑在自行車公司上班當日文祕書，她的工作很好老闆很棒男友又帥她經常得在東京台北飛來飛去，她簡直就是我想要成為的女人典範……如此這般、沒完沒了。

不過當然那時候我並不會像現在這般懊惱到害怕搞砸掉一切，畢竟那時候的我比起現在來年輕了十歲又自信了十倍而且還天真的誤會自己一百倍，當時我深信不疑就算眼前這個初次約會的傢伙覺得我有點古怪語無倫次而不再約我也沒有所謂，反正我身邊男生朋友多的是，而且重點是他們總是在追女生（呃……沒有在炫耀的意思，不過其實他們就是在追我）；可是十年的歲月過去，那些曾經追過我的男生一個個的結了婚還當了爸，除此之外的則是認清自己不適合結婚也最好別當爸所以才遲遲還單身的男人。

這道理就像現在的他們是這麼看年過三十的我們一樣。

那時候的我可真真不怕沒人追，會為失戀傷心但可從不焦慮還會不會有下一段愛情？還能不能再愛再被愛？因為我就是有人追，總是有人追；可是十年後的我，卻每個午夜夢迴打從心底深深害怕自己有朝一日終將成為愛情市場裡的貨底。

貨底。讓所有不管有沒有結婚打算的單身男女聽了都會火大、氣得說不出話而且重點是還當真被傷到的名詞。

貨底。我從貴婦那裡聽到的名詞。

大概是今年夏天發生的事，在連續遭遇了三段不幸愛情的貴婦決心接受家人的安排相親嫁人去。

『去他媽的相遇相識再相戀，曖昧確認再追求，這些枝枝節節的過程就讓電影去演就讓小說去寫就好了！我現在要的就是在三十歲這年結婚，就這麼簡單！』

「為什麼是三十歲？」我記得當時還頗不解的這麼問她。

『因為二開頭的女人要的是愛情，三開頭要的則是婚姻，就這麼簡單！』

就這麼簡單？

「那四十歲的女人咧？」

『外遇。』
「那五十歲咧？」
『拉皮。』
「六十歲？」
『當阿嬤。』
「七十？」
『妳很煩，把酒拿過來啦。』

相親。

貴婦的相親初體驗對象是個和她家世相符財力相當並且同樣也剛滿三十還沒結婚也想結婚的男子，從照片看來此人相貌普普但還算可以，從介紹人聽來此人是因為年輕時忙於事業所以才遲遲錯過愛情，從相親那天面對面的第一句話聽來貴婦了解這多少是因為此人講話有口吃的毛病，從我事後推測是因為八成貴婦當時又犯了白目的老毛病、當面指出這點來，也於是這場相親豈止不歡而散而且還把對方氣得撂下這句話：『年過三十還單身未嫁的女人是婚姻市場裡的貨底！』

『他從頭到尾只有講這句話沒有口吃！』

抱著紅酒瓶、貴婦歇斯底里的如此泣訴。那是我看過她最受傷的一刻，我記得有年貴婦因為果酸換膚失敗於是整一個星期臉頰看來都好似三級燙傷時都還沒有那麼備受打擊過。

那是我第一次對於我們不再年輕這事產生危機意識。

我還記得當時雖然明知不應該但卻還是在心底偷偷竊喜還好我有小馬，結果殊不知半年之後換成是我重新被丟回險惡的愛情市場裡，抱著紅酒瓶歇斯底里泣訴著他和他媽的迷惘。

哎～哎～在這個物競天擇的倒數計時愛情市場裡，到了適婚年齡卻依舊孤單的我們，真還能有被愛的機會嗎？還是只能在愛情的自然機制裡節節敗退地被淘汰呢？

「這就是我們最孤獨的沮喪。」

當晚，抱著紅酒瓶對著食指大的一〇一獨飲時，我這麼告訴二十歲的柯靜頤：

「我們不是遇不到對的男人，而是對的男人都已經是別人的男人了。」

法律違禁品。我想起貴婦曾經這麼形容每個她喜歡上的已婚男人。

然後我問十歲的柯靜頤，雖然她距離幻想破滅還有二十年，而且她早已經被我賣掉付清卡債了：

「今天那個奇貨可居的總經理應該也是吧？他結婚了嗎？還單身嗎？他會是我下一個男朋友嗎？我還會有下一個男朋友嗎？」

最後，我聽見四十歲的柯靜頤說：

「去他媽的愛情市場！妳不會是想害我十年後還活得這麼悲哀吧？一被男人拋棄、就整個人生毀掉？那就放下酒瓶，去刷牙去洗臉去睡覺去他媽的好好工作養活自己！」

我想，她說得對。

真他媽得對。

洗心革面、下定決心要讓四十歲的柯靜頤對於現在的自己刮目相看的我，想像中的特助新人生是：

上班前十分鐘，我神采奕奕地踩著高跟鞋衝進星巴克買杯中杯熱拿鐵還有焦糖肉桂捲作為新人生的第一份早餐，十分效率卻又不失優雅的吃完這象徵性的第一份早餐之後，我拿起紙巾按按嘴唇又擦擦手指，接著雖然沒有必要（託貴婦的福，我早已練就無損口紅的進食法）但卻還是從我心愛的凱莉包裡拿出香奈兒補了補口紅，就是在這當下，蔣友柏、呃……我說的是我們總經理，他正巧走進辦公室尋找他的新特助，而且他還正巧認為女人嘴唇微噘補口紅的姿態超性感，同樣還是這個當下，我們四目交接，我們眼底閃過個什麼此時還沒察覺，我們只是極有默契的展開這忙碌的一天，好個都會的一天。

午餐時間到來時我們依舊忙碌不已，但我的新同事們會適時的提醒這點並且邀請我和他們共進午餐，他們會很堅持要替我安排個短暫卻融洽的午餐歡迎會，接著他們會發現我吃素，就著這個話題我們會愉快的邊走邊聊進素食餐廳，他們可能還會想要聊聊我和我的愛馬仕凱莉包，這時候我可能會騙他們說是利用上一份工作的績效獎金買的，可是一般上班族的績效獎金會有二十幾萬嗎？而且績效獎金是什麼？哦～管他的，反正我決定據實以告是前男友送的，因為這樣才能再度點出我還單身的這件事情，因為總經理雖然很忙但依舊執意參加我的午餐歡迎會，而且此時他還剛好就坐在我身邊的位子，接著他會若有所思的想起他那位交往很久但卻感情淡掉的女朋友（或許就是這公司裡的什麼總或什麼理的），此時我們眼神再度交會，當下我們明白那眼底閃過的什麼其實就是悸動，我們還明白原來我們相愛只是相遇太晚，接著時間來到晚上七點過一會，最後一位同事剛剛離開辦公室，整棟白色小洋房只剩下一盞燈還有我和他，然後……

然而實際情形是：

上班前十分鐘，我因為宿醉而頭痛的踩著高跟鞋還差點跌倒扭到腳，接著我實際走進去的不是星巴克卻是7-11，因為肉鬆御飯糰和統一冰豆漿是我唯一能負擔的早餐。

『還剩三分鐘。』

前腳我才踏進白色小洋房，身後就有個低沉的女聲告訴我：

『妳要不快點吃了它，要不就丟進垃圾桶。總經理最恨上班吃早餐的人。』

然後我轉頭想要謝謝我這新同事的提醒，然而當我才一轉過頭，我只祈求此時臉上的笑容不要僵得太失禮：我差點被她臉上的大濃妝嚇到。

我懷疑我遇到了女吸血鬼。

雖然我不算真正有過同事，但是這當下我幾乎可以立刻斷定她就是全天下的上班族都不會想要有的同事。我的身高是一六五，但眼前這年輕女生起碼還高出我十公分，她的髮色是會令人直覺聯想起巫婆的黑，這或許和她尖尖的鼻子多少有關係，她又黑又濃的眼妝誇張到幾乎看不清她眼睛，豐滿的嘴唇卻故意似的塗上豔紅色，她寬肩膀她小胸部她大屁股她是典型的西洋梨身材，之所以能在一秒鐘就立刻看清這一些並不是我眼力好卻是她身上的布料簡直少到沒能再少，今年的冬天雖然不算冷但我還是很好奇冬天她就這麼穿那夏天到時她會怎麼穿？

『雪莉。』

她又說。接著好一會之後，我才意會過來的自我介紹：「妳好，我是柯靜頤。」

『還有別遲到。』她又天外飛來一筆的說：『總經理也恨上班愛遲到的人。』

我意會的點點頭，雖然拚命想但就是想不出來該怎麼跟她聊下去還能不阻止自己脫口而出問她為什麼妝要這麼濃衣服穿太少？但還好此時門口又走進一個戴著棒球帽的正在大口嚼著漢堡的高大年輕男生，我鬆了口氣的向他點頭打招呼，但結果他無視於此的越過我們往裡走向二樓去，我想要不是他的帽沿壓太低遮住他眼睛、就是他太專心想把握剩下兩分鐘的早餐時間。

『他是設計，小隆，話很少，但人很好。』

「哦。」

『除了老李之外，總經理最愛的就是他。』

我要自己儘量不要失望得太明顯：「總經理是同性戀？」

『我說的不是那種愛。』

「對不起……」

『接下來是我。』

「啊？」

『老李和小隆，接下來總經理最愛的就是我，不是妳以為的那種愛，當然。』

「……」

『我認為在某一世裡我們是兄妹。』

「呃……」

『好了，丟垃圾桶吧，妳沒時間吃早餐了。』低頭看了看錶，她最後說：『不管妳會不會是第十三個，都聽我這句話：第一天誰都會愛上他、所以妳不用覺得難為情，不過第二天不管是誰都會開始恨他，第三天則是希望自己從來就不認識他。但我真的希望就停在no.13了，因為十三是個好數字，而且我實在厭煩透了得一直重複這些話。』

我是後來才明白她這話的意思，原來我是第十三任總經理特助，之前已經被他氣跑十二個了；而她說得真中肯，第一天誰都會愛上他，只是我可能反應比較慢又很需要這份工作，所以在這個第二天，我倒還沒開始恨他，我只是被震撼教育了而已。

約莫是十分鐘之後，我們聽到樓下有團吵鬧聲由遠而近：

『粗話粗話粗話……又遲到！粗話粗話粗話……扣薪水！粗話粗話粗話……』

『對不起，總經理！』

這樣罵女生對嗎？我在心底疑惑著。然後，依舊是一堆粗話直到他和一位看起來快哭出來的年輕女生同時出現在我們面前。

『哦，妳來了。』他恢復正常語調的對我說，接著他拿出手機：『電話給我。』

當然他是會開口向我要電話的沒問題，只不過在我幻想的版本裡，他當下眼底應該是淺淺的悸動，而非此時明顯的很不耐煩：

『妳的電話號碼給我啊！』

嚇了一跳、我快快的把電話號碼唸給他，在他輸入手機的同時，他也快轉似的說著今天的行程要我記下，如果不是因為我已經要被嚇呆，這會這辦公室裡正在掩面偷哭的可不只方才遲到的那位Candy了。

『待會老李會過來和妳交接，有什麼問題妳先問雪莉。』他依舊快轉似的說，

『是，總經理。』

「啊？」

『當我說完之後回答我：是，總經理。這樣我才知道妳知道了。』

於是，我快快的：「是！總經理。」

『下次再遲到就乾脆辭職別幹了！』他意猶未盡似的再吼了一次那位Cancy，接著語調大變，他柔聲的告訴小隆：『我十一點會過來看稿子。』

我很確定小隆僅是嗯了一聲而沒回答他：是，總經理。不過他看來倒是絲毫不介意的樣子，接著他轉向雪莉：『叫 Steven 給我談個新價碼，之前的爛斃了！都什麼爛景氣了還談出那種貴死人的白痴廣告費用。』

然後他就旋風似的走了，不等我問，雪莉就解釋：

『Steven 是廣告部經理，負責買版面把我們的廣告弄上平面媒體。一樓是他辦公的地方，不過他和總經理一樣是兩邊跑的。』

『通常我們都叫他老屎。』

本來在偷哭的 Candy 倏地接腔，原來她剛才只是在假哭。後來她才告訴我總經理很怕女生哭，而這就是唯一能讓他閉上嘴巴停止罵人的小妙招。

『因為他是個老屎蛋。』

『總經理都不跟老屎說話，而我們也是。』

『因為他是個老屎蛋，而且他不准上二樓來。』Candy 不厭其煩的又重複了一次，接著她拿出早餐開始吃。

『所以希望妳能待下來，省得我們得跟老屎蛋講話。』
『吃早餐吃早餐，吃完早餐寫文案。』
狼吞虎嚥掉手中的美而美之後，這 Candy 先是自言自語的說，接著下一秒，她卻突然大聲尖叫，相較於被狠狠嚇了一大跳的我，其他二位卻見怪不怪、無動於衷的好像她方才只是打了個飽嗝、那樣而已。
天哪，這裡的人都正常嗎？該不會我又會在這棟白色小洋房裡重現七年前的三天魔咒了吧？不行不行柯靜頤，想想十年後的妳是要滿意妳自己而不是再一次後悔的啊！
那是我第一次在心底給自己這麼加油打氣、在第一天開始上班的十分鐘不到裡，第二次則是午餐時間，當他們十二點一到就分秒不差的起身關電腦各自外出用餐時。
「可能是我自己太追求和同事午餐這回事了吧？」我在心底這麼安慰自己，「不過往好處想，我今天的驚嚇指數已經破表，或許不和他們一起午餐反而是好事一件吧？」
往好處想：這工作其實滿閒的。
每天只消把總經理的行程記下，接著定時提醒他即可；雖然他脾氣有夠暴躁、動不動就罵人（第二天一早他對著我煮來的咖啡大呼小叫為什麼沒有預先熱杯，當我試著客氣的指出那是因為他並沒有事先告訴我時，結果他卻更生氣的又把我臭罵了一頓），不過反正他也不是針對我。他是對每個人都罵！

往好處想：這工作能準時下班。

下午六點一到，古怪三人組就立刻起身關電腦，起先我還心想是個新人所以客氣點別太準時下班，結果卻惹來他們一陣不高興的指出：準時下班就和準時上班一樣重要！

往好處想：樓下那個不准上三樓的老屎其實人還滿好滿友善的，真搞不懂為什麼大家都叫他那個愛拍馬屁的笑面狐。

不過當然上班一個星期之後有件事情讓我懂了。

這天我算好總經理下午兩點才會回來，於是偷偷給自己煮了杯他的咖啡，我十分確定當時只有老屎看到，他還笑著和我聊這咖啡有多貴多好喝，結果隔天總經理就把我叫到辦公室去，看著手錶告訴我說那咖啡豆有多貴多好喝，然後話題急轉直下變成是他要扣我薪水。

「啊？」

他無視於我的驚訝也沒想聽我針對這事做些解釋，或許是因為此時他的手機剛好響起，短暫的結束通話之後，他自顧著繼續對著錶告訴我：

『稍後老李會公佈新的人事命令和裁員名單，不過順便先告訴妳也無所謂。是——』

「是，總經理。」

他很滿意的笑了笑，此時視線才終於真正來到我臉上：

『妳晚上都有空嗎？』

出現了！

我的心跳立刻漏跳整一大拍，我希望我的臉頰不要太潮紅，但我沒辦法一直在心底呼喊的是：就是這樣！他愛上我了！

我還是二十歲那個迷人的柯靜頤沒錯！

雖然大家說得沒錯，他雖然活脫脫就像是從電影裡走出來的那種總經理，但實際上他真是個他媽的混帳，傲慢難搞又機車，總是穿梭在每個部門大呼小叫羞辱人，而且還動不動就愛威脅著扣薪水，年少有成卻不懂得謙虛還跩歪歪的二五八萬，他之所以還是個黃金單身漢的原因大概就在這裡：他真是個條件好的討厭鬼，而這讓他的惹人厭顯得更可惡。

不過或許愛情會把他改變，我心想。就像那部老電影《愛在心裡口難開》裡那個尖酸刻薄的男主角一樣，總有一天會為他所愛的女人改變。

You make me want to be a better man.（妳讓我想要成為更好的男人。）

老天爺，真是夠感人的一句經典對白。自從看了那部電影之後，我就一直好希望總有一天有個男人會對我說出這句話，我堅信我的人生會因此而完整！

而現在時機終於到了！

到個屁！

此時此刻，他真正告訴我的是：

『明天起妳要身兼司機，所以妳得提早出門接我上班，每週兩天的晚上妳要載我去購物頻道on節目，細節待會去找老李問。有什麼問題嗎？』

有，問題大了！

「這樣……呃……有加薪嗎？」我客氣的指出：「我是說、既然工作時間延長——」

『沒減薪就是加薪，所以是的，妳算是有加薪了。』

然後他視線又重新回到錶上，而此時我就像這公司裡所有人總在他旋風般的離開之後、立刻在嘴邊丟出一句無聲的：混帳王八蛋。

「只因為一杯咖啡嗎？」

『什麼？』他一臉疑惑的看著我。

我又氣又委屈的問他：「只因為我偷喝了你的一杯多貴多好喝的咖啡，所以我就從特助被降為司機嗎？」

『哦……』他這才意會過來，『妳要這麼解釋也可以。不過，』然後，他似笑非笑的說：『那是妳的看法。』

混帳王八蛋。

◆之二

馬嘉鴻

『只因為一杯咖啡嗎?』

她可真是夠逗的、我是說那位傻妞，真搞不懂她那顆美美的小腦袋是怎麼把這兩件事情聯想在一起的，而且那咖啡豆根本一點也不貴，真搞不懂總經理專用的咖啡豆很貴這流言是怎麼在兩邊辦公室裡傳開來的，我想八成是Steven幹的好事吧。他總是曉得我會希望辦公室裡有什麼不實流言被亂傳，而這就是為什麼這次他能夠被我從老李的高階主管減薪名單剔除的原因。

尤其我最最欣賞Steven的是不用我說他就知道這隔音很差的男廁他不准進來。

這會兒我人就坐在馬桶上好整以暇的聽著一牆之隔的茶水間裡來來去去的各位同仁對於這波裁員減薪的現場反應，從『怎麼會是我/還好不是我』、『工作很難找/景氣有夠差!』、『房貸怎麼辦/只好少花點』……一路聽來無論是被裁員的被減薪的或者是兩者皆躲過的都會以『他真是個混帳王八蛋！』作為對話的句點，這話可真真是讓我深感到意外：她們為什麼要這樣罵老李？

搞不懂。

坐了半小時左右、坐到我都當真有了便意，我決定起身去到樓上行政部門的男廁所解放便意時，有個新的對話冒出來、重新把我放回馬桶上。

『妳也沒和那個新來的特助去吃午餐啊？』

『嗯啊，我今天不想吃素。妳也沒找她吃飯啊？』

『是啊，我也是。』

接著是一陣小小的沉默。

『哦、得了吧？說給誰聽啊！反正她又不在這裡。我說她人是真的好又善良很好相處，而且也不像前十二位特助那樣自以為是總經理身邊的人就跩個二五八萬的，不過和她吃了三次飯之後，我真的是受不了每次每次她都只聊名牌和保養，天曉得那真的是很無聊耶。』

這位小姐說，接著又再度強調但她人是真的好哇啦啦嘰呱呱滴哩答啦叭叭叭。

『是啊，她難道就不想聊聊總經理的八卦嗎？我是說、她以為什麼叫作同事午餐啊？』

『是啊，她腦子裡除了名牌和保養就沒有其他東西了嗎？她甚至不說其他同事的壞話耶！她是真的有在工作嗎？』

立刻，又一陣當然她人是很好的哇啦啦嘰呱呱滴哩答啦叭叭叭，最後她們下了如此的結論：她是個好人，但真的是個無聊女人。

接著她們意識到在這波裁員減薪潮的非常時期裡實在不該再混水摸魚待太久，畢竟全身而退躲過這波是好事，但誰曉得還會不會有下一波、而且下一個會不會就是自己呢？

然而此時第三位女職員走進辦公室，立刻她們又把方才的警覺全給拋到一牆之外，她們重新又聊起這裁員這減薪：誰誰誰真活該，誰誰誰這下總算知道要皮皮剉，接著話題一轉，她又問方才二位：

『我午餐看到特助她一個人吃飯耶。』

嗯啊不想吃素啊真巧我也是天啊說給誰聽哪……滴哩答啦又搬出來說一次：

『是啊，腦子裡只有名牌和保養，可能這就是她能繼續做而沒被氣跑的原因吧。』

第三位的這話引來方才二位的興趣：

『真的和我猜的一樣哦？』

『妳猜什麼？』

『她很缺錢啊，不然幹嘛忍下去。』當然她人是真的好相處又很善良而且不像以前的特助跩歪歪。她又重複的強調了一次，『不過我從沒看過她的愛馬仕裡擺過千元大鈔，我這話會不會說得太白？』

『不會。』

她們曖昧的笑笑然後一致的同意，接著就開雙B名車卻沒錢加油的男人這話題結結實實的聊了一會，這老梗的兩性話題害我被無聊到決定再度起身決定上樓大便，同一此時話題卻急轉直下冒出一句硬是讓我再一次坐回馬桶上的關鍵：

『難怪總經理會喜歡她。』

什麼東西我喜歡她？確實她長得是不錯脾氣又很好而且胸部也很大還有腿也夠漂

亮，但、也不過就如此而已。

哦，再往下聽去我才曉得原來她們說的不是那個喜歡，她們說的是這個：

『因為她活脫脫就是總經理最拿手的客戶群——』

『沒腦的女人！』

『哈～～』

哈。不說我都沒發現，這還真真給了我個on節目的好點子，我得記得提醒雪莉寫進腳本裡。

On節目。

小郭那個電視精曾經說過這麼一段話：在這個五花八門的年代裡，政治新聞看來活像連續劇，連續劇演來活像綜藝節目，而綜藝節目則越來越像是廣告。至於咱們的購物頻道呢，何不就讓它像個散播歡樂散播愛的綜藝節目呢？

『欸，來點什麼新梗嘛。』

那是公司的草創初期，我們坐在小小的會議室裡，一檔又一檔的研究著購物頻道時，小郭二百五的說。

「那又不衝突。」我理都懶得理他，「我想呈現的是專業經理人的形象，我都叫雪莉找好鑽石的專業知識了。」更別提我的西裝也買了好幾套，至於髮型要不要梳成呆呆的主播頭則是還在猶豫當中。

『欸，你聽我分析嘛、小馬。』

我叫他閉嘴。

「雖然那個雪莉外表看起來活像個邪教徒，但她找資料、寫稿子的功夫還真不是蓋的。你聽我講講這段八心八箭介紹得如何。」

聽完之後，這二百五說：

『欸，就一般嘛。』

「那是你的看法。」

結果我管他去死的上節目就這麼說，好專業經理人的說。

沒想到最後還真二百五的成了個炮灰，訂購電話一通也沒進來，就是連搭配的主持人都聽得直放空，我在想如果我賣的不是鑽石而是毛線團的話，我懷疑她甚至會拿起來當場織一件毛線衣送我，因為場面實在有夠冷。

當晚小郭帶我到君悅的雪茄館品嚐紅酒，席間他沒有一句『我早就告訴過你了。』的馬後炮，他甚至沒來上『失敗為成功之母』那一套的屁話，他只是咬著雪茄、把他說過的話又重複了一次。

『欸，綜藝節目嘛，來點新梗，做點效果，管他真假。想想電視機前面的我們，日子很無趣，被爸爸討厭，頭髮又越來越禿。之所以想要打開電視機，圖的不就是一點點歡笑嘛。』

然後他又扯了一堆周星馳金城武，帥哥沒什麼好稀罕、稀罕的是帥哥居然願意放下身段搞笑討女士們歡心；在我生平的第一根雪茄抽完之後，同時我也開了竅，隔天我上髮廊把呆呆的主播頭理回帥氣的型男髮，接著連續好幾天都和雪莉討論腳本到夜深，下一次我重披戰袍回到錄影現場時，我不再掏心掏肺解釋我們家的八心八箭為什麼貴，我只捶胸頓足的懊惱它是如此的貴、卻因為字幕上的價錢key錯，於是這檔只得咬牙認賠。

「求求你們別打電話進來！」對著攝影機，我聲淚俱下的嘶吼，「賣一組我賠一組，總經理我還要養阿嬤啊～～」

最後我還當真紅了眼眶。

結果我們（公道說來是我）一炮而紅，紅到簡直一發不可收拾：客服電話響個不停，緊急調貨還賣不夠，那兩年我們自家業務人員從來就不拿起電話來call客，因為捧著信用卡上門的客人就接待不完；此後我們越演越上癮，秉持著觀眾愛信不信隨他便，只求效果要夠好、好到散播歡樂散播愛的原則；然而誰也搞不懂的是，越誇張的他們就越要信越要call越要買。

這道理跟名牌好像，越貴他們越愛。

好可愛。

有回我們實在用到沒新梗，我索性臨時起意脫稿演出，聲稱今天老子（我說的就是老子這兩個字）心情有夠差，人帥錢多又帥奶愛，只是工作這麼忙、硬是沒時間去尋覓喜歡的女生，所以老子今天不想賣鑽石純粹是徵婚，只不過訂購專線和鑽石價格就在字幕上，要打不打隨妳便，因為反正老子今天是徵婚；接著我話鋒一轉大肆聊起過年帶阿嬤去日本玩的事，結果那天搭檔的主持人整個傻眼在螢幕前、乾等著我到底什麼時候把話題帶回賣鑽石。天曉得那天電話爆線的程度甚至還驚動他們家的總經理，以及把我送上幾家媒體，而這也就是最初牽引著小辛來採訪我的原因。

後來我們順勢又推出那支年輕總裁的廣告，此後我們 on 節目的時段從冷門調到被高層指定的熱門時段，我們的公司擴充了一遍又一遍，我們的年營業額是原始資本額的好幾倍，我們的叫賣風格（嚴格說來是我）是當時所有人瘋狂抄襲的對象；一時間所有的廠商代表都要在節目上拜託觀眾別打電話進來，所有的主持人都開始要在旁邊表演傻眼，不過說真的膽敢在電視上公開徵婚又談阿嬤（呃……效果太好，以致於後來我又同一個梗玩了好幾遍）還是只有我一個；不過反正對於這些那些我也沒有所謂，畢竟有錢大家賺、而且我們早已經賺太飽，再說重點是反正沒有人可以取代得了我，這話沒有在謙虛的意思我知道，但也沒有在誇張的意思相信我。

那是我人生中每天只睡兩小時還覺得睡太多的兩年，天曉得當你像我這麼會賺錢又熱愛賺錢時，是真的會覺得兩小時還睡太多。

哈！

那兩年。

我喜歡事情都如我所願，我喜歡世界都掌握在我手中，當然世界是沒可能掌握在我手中這我知道，我畢竟不是美國總統或中國總理也不想是，但我就是喜歡這種感覺，這世界好像就是我手中那條事業線的感覺，喜歡得無可救藥，真的無可救藥。

可是後來發生了那件事，那件事多少讓我有點清醒過來，然後我同意讓我媽來掌管會計部，然後我知道原來傅主任每天都在和鎮定劑當好朋友神遊過著每一天，然後我知道原來公司裡有好多事我都不知道因為我節目實在 on 太多，而且電視機前的消費者好像也逐漸麻痺而不再瘋狂訂購了。

他們還真的不打電話來了。

『欸，沒意思嘛。』

依舊是二百五小郭，依舊是雪茄館的男人公事夜。

停滯期，減肥過的人都知道。去掉他話裡的欸啊嘛的，小郭如此說是。小郭沒提公司裡發生的那件事，倒是針對現況他做了這麼個比喻、這停滯期，減肥過的人都知道，在下定決心拿出意志嚴格執行後，減肥初期總是瘦得快又猛，可是噗地一個咚，停滯期這小寶貝它來了，這會兒減肥者再怎麼餓得頭昏昏、再怎麼動得爆青筋，體重它就是硬是停在那裡不肯降。

聽完這一大串之後，我疑惑：

「我們現在是要改做減肥產品？」

搖搖頭，嘿嘿笑，『欸，就像我們現在的營業額嘛、這停滯期。』

「哦。」這話倒是。「有屁就快放。」

啜了一口紅酒、我說，我還在等著他代表股東們拿那件事情數落我。

那件事還在我的腦子裡嗡嗡嗡。信任和背叛只是一線之隔，我心想。沒有信任又哪來的背叛？

「最近有首歌滿好聽的，」我問他有沒有聽過〈背叛〉，結果他沒有，「你看我下次

on節目來唱首歌如何？梗都被別人抄光了，不來點新梗是不行的了。」

『欸，我就是找你來聊這個的嘛。』

接著他遞了份經銷商名單給我，依舊得去掉他話裡的欸啊嘛的這堆煩人語助詞之後，原來小郭的意思是要我們走出電視購物走實體通路。

『欸，不是只顧著賺錢，還得盯著它在不在口袋裡嘛。』

結果小郭還是客氣的提醒了一下，而我不得不同意這話說得對。

於是我不再願意只花時間在帶頭打拚on節目，我開始把工作重心放在公司管理和推廣經銷商，我們走出電視購物走向實體通路，我們有驚無險安然度過那一次危機。可是這次呢？這一次的全世界都不景氣到底是被誰害的？美國的那些鬼房子？華爾街的那批吸血鬼？

那是我第二次聽小郭的建議，關於工作重心的移轉；要不是結果看來是正確的話，這一次我也不會聽他的。

哦～～真不爽，一想到我的公司我的王國得縮編就覺得好傷心。

當我走出廁所（不是牆壁很薄的那一個，而是行政樓層這一個），正巧在走廊上遇見傅主任捧著個大紙箱從總務處走出來，當下我好奇的是當她看見自己出現在裁員名單時、心底的感受真不知是好個意外又或者是遲早到來？當下我明白的是這陣子我只琢磨著要裁掉誰要減誰薪、卻忘記我們還是會面對面的這一刻。

這尷尬。

在接獲裁員通知的一小時之內就立刻去總務處要紙箱忙打包，這大概是說明了她有多不想待在這裡吧？

『我還有滿多年假的，我正準備找您簽呈。』

傅主任尷尬的解釋。直到她主動開口時，以往每回一見到我就必定會出現的害怕才又從她聲音裡冒出來。

『算來剛好足夠連休到過年。』她繼續解釋。而且我明明保持沉默沒有罵她，可是她卻好像越來越害怕，『勞基法有相關的規定，不過當然我知道准不准假還是要總經理您——』

「別管勞基法了。」我打斷她，然後心想是不是該接著說些什麼柔情的話語，例如：這幾年也辛苦妳了。或者：別再吃鎮定劑了。還是：別養老公了，多為自己打算吧。

但結果我想了好一會兒之後，說的卻是：「下班之前把假單交給老李，我會簽准。」

『謝謝總經理。』

然後，呃……「所以妳明天就不會進公司了？」

『是的，總經理。』

問吧。我耳邊有個小聲音告訴我：再不問就沒機會了。

「那個……」

她一臉疑惑的望著我。

問吧！「妳有個親戚叫張織雲嗎？年紀算來可能是妳長輩了，因為我遇到她時，她差不多是妳這年紀。」

她看起來更疑惑了。

「那沒事了。」我尷尬的揮揮手示意她可以走了，「她是我高中班導師，天曉得我真是討厭死她了。」

同一此時，我聽見身後的傅主任也在喃喃自語著：

『總算是說話不需要再用敬語了？』我聽見她話裡有解脫：『因為那真的好怪？』

帶著幾乎就要破表的尷尬、我快快的走離和傅主任的最後一面，走進電梯時我打手機告訴那傻妞到下班為止我都不會再進辦公室了。

『是兩邊的辦公室嗎？』

她慎重的問我，而我遷怒的吼她：

「不然是別人的辦公室嗎！」

『對不起，總經理。』

——總算是說話不需要再用敬語了？因為那真的好怪？

哦～～老天！原來我很怪？

「還有，叫老李立刻發公文：被裁員者只要交接完畢就可以把剩餘的年假補休不用向我報備。」

『啊？請假要報備哦？』

因為公司（其實是我）規定三天以上的假單必須經由總經理簽呈後才准假！

我在心底吼了這麼一句，可是我實在懶得跟她解釋，所以我只是直接掛她電話而已；我知道我有掛別人電話的習慣，也知道這是個壞習慣，可是沒有辦法，我就是不習慣說再見。

舉手，我招了輛計程車，入座，我說了我家的地址，然後，有那麼一忽忽的時間，我突然沒道理的很衝動的想告訴他這是我第一次給自己請假。

「照理說總經理應該也有年假才對。」

瞪著後視鏡裡、計程車司機的三角眼，我在心底氣憤又氣餒的說。

『有什麼問題嗎？』

「沒事。」我搖搖頭，然後，發神經的、我還是說：「我是個總經理，這是我第一次給自己請假。」

他果真覺得我很奇怪。

可是更奇怪的是，我居然還繼續往下說去：

「今天我發佈了裁員減薪的名單，在過年前做這事很缺德我知道，可是我真的也不想要這樣。」

你覺得下次 on 節目時我唱首歌如何？王菲的〈我也不想這樣〉。我突然很想問問三角眼司機的意見。我已經好久沒有 on 節目了，我突然覺得有點緊張。我覺得好緊張。

『這不是你的錯。』我點點頭表示同意也感謝他說的這句話，然後心想這話題就此結束，可是不，因為他緊接著又說：『我在想這應該是外星人的錯。』

我在想我是不是聽錯？

『這次的不景氣，我覺得其實是外星人搞的鬼。』他嚴肅的說：『他們老想把地球搞垮，真是不知道為什麼。你相信有外星人的存在嗎？』

我相信有瘋子的存在，而且我眼前就坐著這麼一個在開車。

我沒理他也沒裝不理他，我就是頭往後靠雙腳一蹺，就這麼讓他老兄自我辯論著外星人到底存在不存在還有到底為什麼老是想要搞垮我們地球。

說來也奇怪，這麼一路下來，我的心情居然不可思議的慢慢慢慢平靜下來，當大安森林公園出現我們眼前時，稍早在隔音不好的廁所裡浮現的靈感小泡泡這會兒整個具體了起來，可是我沒打電話要雪莉給我寫進腳本裡，也沒打電話給那傻妞再罵一次好練習練習；我只是在下車時掏出千元大鈔，然後，好個年輕總裁的說：

「Keep the change.」

第五章

轉。變

◆之一
柯靜頤

我沒想過我會上電視。

當然那年我當選校園美女第二名時（不是故意又提起這件事），確實有想過可能會因此被星探挖掘然後進入演藝圈，或許當歌星或許演偶像劇總之就是那種可以打扮得美美搞不好名牌還都被贊助、總之就是那種靠著上電視賺很多錢的明星，而且我媽和我爸還可以坐在店裡指著電視啊一聲的告訴客人：『那是我女兒，她從小就是個美人胚，註定是要吃這行飯的啦。』

可想而知說這話的人一定是我媽，嗓門很大、態度得意還說不準會加上一句：『我結婚前也是那麼瘦的。』最後以青我爸一眼作為句點。

而我爸則是靦腆的低頭喝茶默默微笑，說不準還會很有勇氣的未經同意就請客人吃一碟小菜。老天爺，我真是懷念我媽做的酸菜！

可是這畫面從來沒有實現過，可能有出現在第一名她家吧、我想。我是說如果她家也是開牛肉麵店而且媽媽很兇又爸爸很內向的話，不過沒記錯的話她爸爸好像是警察而媽媽是家庭主婦，不過當然這不是重點啦、對不起。

不過後來想想也好，還好我沒進演藝圈，因為我是個超級音痴而且又超不會背台詞的（我文科從小就超爛）（呃……除了美術之外，我所有的科目都從小就超爛，感謝我哥從小就幫我作功課！）就算真進演藝圈的話，可能最後還是會淪落到綜藝節目的搶救音痴或者女明星的衣櫥這類的單元吧？前一陣子很紅的女明星卸妝可能就沒有辦法了，因為我的妝一向淡得得宜、卸妝前後其實沒什麼差別。

我這話沒有在諷刺雪莉的意思。

可是我沒想過有朝一日我還是會上電視。

在白色小洋房裡，我以為我聽到的指令是：

『晚上七點我要到攝影棚 on 節目。』

這幾天的經驗讓我學到別再多此一舉的確認：「是今天嗎？」因為那只會惹來他的一頓罵；於是這會我只是簡短的說：「是，總經理。」接著，果不其然，我連是總經理這四個字都沒說完、他就果決的掛了我電話。又掛了我電話。

都沒有人告訴他這樣很沒有禮貌嗎？

倒不是說這是我學聰明開了竅，而只單純是有回聽到我們對話（嚴格說來是他說話，而我提問，接著就被他罵）的雪莉很好心的提醒我：

『同樣的話別讓總經理重複第二遍，否則他會捉狂。』

「可是他話都只說一半……」

而且我十分確定我的履歷上並沒有寫著讀心術這專長。

『總經理討厭浪費時間在對話上面。如果有什麼不懂的可以問老李或者我，但無論如何就是別問總經理。』

「謝謝妳。」我真的好感動，「謝謝妳對我這麼好！」

『沒什麼。』她酷酷的說，『第一天我就告訴妳了，同樣的話我不想重複到第十四遍，』而且，『而且重點是，我們都不想跟老屎說話。』

然後，一旁的Candy又突然的放聲尖叫，但還好的是，這會兒和他們一樣，我早已經見怪不怪了。

等Candy尖叫完，而小隆依舊是沉默在聽耳機裡音樂時，我忍不住由衷的告訴雪莉：

「我越來越覺得，妳真的比我還適合當總經理特助。」

『不，謝了。』把視線從奇摩購物移開，雪莉好慎重的告訴我：『我算過，總經理在這裡從不待超過十分鐘，他平均一天來三次。』她解釋：『我們很滿意這樣的相處模式，因為三十分鐘是一個人能夠忍受他的極限。』所以，結論是：『可是特助是三十分鐘的好幾倍。不，謝了，我還想繼續喜歡他。』

「……」

晚上七點，到攝影棚，要on節目。沒問題，問題是我以為老李告訴我的是：

『錄影結束是八點，但總經理通常會留下來和他們social一會，尤其今天又是總經理重回節目現場的第一天；不過以防萬一我想妳還是八點整就回到現場去找他，如此一來總經理才有藉口好脫身，而且重點是妳不曉得有沒有觀察到？總經理最恨要等人，就算只是一秒鐘。』

「比爾蓋茲撿鈔票。」

我說，而老李先是楞了一會，接著他笑出來。

『哦、對，妳來超過一個星期了，當然是聽過總經理的這比喻了。』

『是第一次接他上班的那天。』

我苦笑。那天我讓他等了兩分鐘左右，因為買早餐時猶豫不決他會想要吃美而美還是永和豆漿呢？結果我買了上班第一天想吃但沒吃到的星巴克早餐（順便用零用金也給自己買了一份藏在置物箱裡準備在停車場偷吃）；那天他就是從比爾蓋茲在路上看到一張百元美鈔都不應該彎腰撿哇啦啦嘰呱呱的一路把我訓到公司去。

後來我發現去得來速給他買麥當勞早餐是個兩全其美的好主意。

「不過我下個星期就要滿一個月了。」

『恭喜啊。』老李也替我高興的笑，『希望妳能夠扭轉總經理對於特助的陰影。』

「咦？」

搖搖頭，老李繼續最初的話題：『所以這中間的空檔妳可以到附近的小餐館晚餐，妳喜歡——哦，妳吃素。真可惜，那家客家菜真是沒話說的好吃哪！』他瞇起眼睛懷念的回味著，『無論如何利用空檔時間帶自己去吃點什麼像樣的吧。健康很重要。』

當然，這我同意，只不過——

「那附近有香奈兒嗎？」

只不過逛街也很重要。

前幾天我翻雜誌看到香奈兒的黑色菱格紋筆記本就一直好想要，雖然它要價三萬四千一、硬是超過我薪水的一半，可是、嘿！我又不買車而且吃素又不貴更沒有什麼花錢的不良嗜好，再說這是我人生中第一份薪水、本來就應該拿來買些什麼象徵性的禮物送給自己，這完全說得過去；而且重點是，當我第一眼看到那黑色菱格紋筆記本時，立刻就醒悟為什麼我每天要這麼辛苦的早起工作當個老挨罵的總經理特助。

我發誓我的特助生涯即將會因它而完整！

「雖然自從工作之後才曉得原來賺錢很辛苦，可是我已經好久沒逛街了，再不衝出去給自己買點什麼我想我會死掉！」

而且是立刻死掉！

『呵，這我不曉得，不過我可以打電話幫妳問問。』

「謝謝你老李！你人真好！」

可是我根本沒有時間去逛街，因為那個混帳王八蛋居然要我進去看他錄影。怎麼？你是怕生不成？我是很想這麼問他的，可是結果我沒有，當然我是不敢，所以我只是客氣的試著提醒他：

「報告總經理，嚴格說來現在已經是下班時間，而且我還沒有吃晚餐喏。」

『那妳要早點吃啊。』

結果他想也沒想的就這麼告訴我。

真他媽的混帳王八蛋！

更混帳的還在後頭。

當我心不甘情不願的站在攝影機旁邊，遙想著我的香奈兒黑色菱格紋筆記本——還是等領到薪水再去買比較理智吧？可是反正信用卡帳單也是發薪後才要繳啊！那麼我又何必浪費這半個月的時間呢？對！就這麼辦！老娘今天就要衝去把它刷下來，在送那個混帳王八蛋回家之後，立刻就衝去把它帶回家，否則萬一它如果賣到缺貨怎麼辦呢？我的特助人生就會因此而不完整了啊！對！就這麼辦！因為它本來就是我的！它今大就得跟我回家！——然後，立刻的馬上，我感覺到身邊的攝影機不知何故正對著我拍。

「他拍我幹嘛？」

這是我當下的第一個念頭，接著下一秒，回過神來我才曉得不只是身邊這一台而是現場所有的攝影機都不約而同對著我拍，因為我們家總經理正在節目上痛快的罵我：

『……不是這一組對戒！妳這個白痴帶錯了！哪可能四萬八的鑽戒送八萬四的贈品啊！』

我整個呆住，什麼東西哪一組？我今天漏聽了什麼嗎？我趕緊低頭翻著我的記事本。

可是來不及，此時他氣急敗壞的走出主持台朝著我走來，而整個反應不過來的我，只得習慣性的說：

「對、對不起，總經理。」

『我要扣妳薪水！』

撂下這句話之後，他好帥氣的走掉；當我轉身想要追上他時，我聽見身後的主持人正在說著：

『總經理氣到不錄了，請觀眾朋友真的別打電話進來～～』

隔天我才知道這是怎麼一回事，因為雪莉的腳本上就是這麼寫的：

贈品太超值。

△罵特助

總：四萬八鑽戒送八萬四贈品

△被氣走

△主持人繼續 on

P.S.不能事先告訴特助！

真是去他媽的P.S.和那個媽的驚嘆號！

『好日子又回來了。』雪莉喜氣洋洋的宣佈，『聽說昨天晚上電話又爆線！』

『帥啊。』尖叫 Candy 也笑了，『這下子年終好看了。』

連沉默小隆也難得打破沉默說了句：『嗯。』

「四萬八的鑽戒，有可能送八萬四的贈品嗎？」

而，這是我當下最大的疑問。

『這我哪知道。』雪莉說，『我們一向是總經理說了就算。』

然後我就走了，連句再見也沒說的就這麼直接走掉。

當手機響起來的時候，我人正在一○一前面等著開門，我其實搞不太懂我為什麼會在這裡，我猜想我可能本來是要去補習班找貴婦聊一聊的，因為自從工作之後，我們好像就沒有再碰過面，是有通過幾次電話，接著我又想起來為什麼這會兒我人在這裡而非那裡的原因了：我實在受不了她一直在聊新男友，那個其實已經有女朋友的新男友，還有這個異想天開要使出懷孕手段好取得勝利的貴婦。

『可惡！這個月又來了！一想到要被對手又多取得七天的作戰時間就好不爽！』

這是我們的最後一句對話，記得當時在電話這頭的我是這麼強烈的反感：為什麼我得忍受這種荒謬的白痴對話呢？我難道不是已經下班了嗎？

而現在我到底算是什麼呢？上班？下班？請假？曠職？像個白痴一樣的被那白色小洋房裡的人聯合耍？

結果我還是接起電話，因為我發現自己也很荒謬的想要聽到他的一聲道歉。

『妳在哪裡？』

「一〇一前面。」我大聲的說，「我等著開門好衝進去買香奈兒的黑色菱格紋筆記本，好慰勞我辛苦的特助生涯！不然會不完整！」

像個白痴一樣被耍的特助生涯！他媽的！

『多少錢？』

「咦？」

『那個香奈兒的筆記本，多少錢一個？』

「呃……三萬四千一。你問這幹嘛？」

您。我以為他接著會這麼糾正我，可是結果他沒有，結果他差點把我嚇死的說：

『買完之後回公司找會計部報帳，所以要記得打統編。』

「呃……意思是你要送我嗎？」

『意思是公司要送妳，當作是妳昨晚精采表現的獎賞。』然後，他清了清喉嚨，明明很不自在卻要故作自在的說：『雪莉都告訴我了。』

我想這可能是他最接近道歉的表達了。

接著，我以——是開玩笑但他還是可以認真同意的——口吻，問：

「那，我可以再帶一雙香奈兒的高跟鞋嗎？」

『妳想把整個香奈兒買下來都沒關係啊。』

「謝——」

『不過三萬四千一，我會告訴會計部只核准這金額。』

混帳王八蛋。

『還有，一個小時之內給我回來，否則我就扣妳薪水。』

「不可能。」我斬釘截鐵的回答他，並不是得寸進尺在拿翹，而只是我這才清醒過來想起一○一並沒有香奈兒的櫃。「一○一沒有賣香奈兒，所以我要到晶華酒店地下樓買。」

『那妳跑去一〇一幹嘛？』

這是個好問題。

「因為心情很差。每次心情不好我就會來一〇一。」或者透過我客廳的窗，遙望食指大小的一〇一。「託總經理您的福，我最近可真的是很一〇一。」

然後他就笑了，於是我就慌了：

「呃……不然新光三越也有啦，只——」

『晶華酒店。』他打斷我，我幾乎可以想像此時此刻他的動作一定又是低頭看錶，

『我到了打給妳。』

「你到了打給我？」

話一說完，我腦子裡立刻浮出老李的金玉良言：同樣的話別讓總經理重複第二遍。

於是我趕緊改口：

「是！總經理。」

如果是以前的我，腦子裡立刻會浮現的畫面是：這將會是我們愛情的起點，在晶華酒店裡，這好一個起點。可是現在的我，在那個混帳王八蛋身邊工作因而快速成長的我，則學會讓這畫面快快從我腦子裡飄走！

混帳王八蛋，真是罵幾次都不嫌夠的混帳王八蛋。

果不其然，這混帳王八蛋不是找我約會，而是單純商談。

『我會給妳加薪。』他劈頭就說，接著他一點時間也不浪費的快快吃光牛排，低頭喝乾杯裡的咖啡。他等著我問。

「為什麼？」

『因為妳的效果很好，昨天晚上的訂購電話爆線。妳幹嘛只吃沙拉？減肥啊？』

「因為我吃素。」而且你這樣對一個女生講話對嗎？禮貌嗎？「可那不是作假嗎？」

『那是妳的看法。』他想也沒想的就說，『我們只是把觀眾想聽的話想看的事做給他們聽他們看而已。』

「出賣靈魂，我懂了。」

『那又怎樣？』他開始低頭看錶，『妳以為靈魂值幾個錢嗎？』指著我椅子上的香奈兒，他把問題丟回來給我：『說穿了那不過是一片皮包著一堆紙，妳真覺得要價三萬四合理嗎？妳知道它成本其實才多少嗎？我敢發誓同樣的東西擺在文具店賣三百四都會被嫌貴。』

「因為它是Chanel啊。」

『我們就是需要妳這種人。』他十分好看卻又混帳的笑著說，『我們喜歡妳這種人。』

或許我該從他身上偷學一點態度，畢竟任誰看來他都比我還像是個不折不扣的成功者，雖然另一方面他同時也是個不折不扣的混帳王八蛋。

「柯靜頤，妳的老闆是個眼底只有$$的混帳王八蛋。」

一〇一：那是妳的看法。

「柯靜頤，妳的老闆搞不好到現在還不知道妳叫什麼名字，他很有可能只當妳是一場笑話。」

一○一：那又怎樣。

「柯靜頤，妳上節目有效果，是因為觀眾喜歡看妳被他罵的傻樣。」

一○一：那又不衝突。

「柯靜頤，妳再喝下去明天上班又會宿醉！」

一○一：啊～啊～過一天算一天啦！反正白色小洋房的人都古怪，入境隨俗我只是。

「柯靜頤，妳這下子真的是紅了，連妳媽都打電話來說妳很好笑，她還說你們家的鑽戒真的是有美。」

一○一：過年回家送她一枚好了，說實了那不過是一顆石頭鑲在金屬上，妳知道它成本其實才多少嗎？混帳！

一○一：柯靜頤，這下好玩了，妳紅到連小馬都打電話給妳了！

這下好玩了。

『嘿！我昨天在電視上看到妳。』

這是小馬開口的第一句話，不是『好久不見。』或者『妳過得好嗎？』甚至：『對於分手，我很抱歉。』卻是：嘿！我昨天在電視上看到妳。

直到這一刻我才真正相信這是小馬打來的電話沒錯。我是說當手機響起這久違的鈴聲時，我當然知道這會是小馬的來電而且還拿起來親眼看看再確認一遍，可是這號碼只進到我的眼底還沒去到我的腦子裡，而接下來他說的卻是筆直的打進我心底：

『妳怎麼會和那傢伙變成一掛啊？』

「那又怎樣。」

我以為我會這麼說，我希望我會這麼說，我覺得我應該這麼說，可是結果我沒說，卻沉默。

『看來分手後妳過得不怎麼樣嘛。』

「那是你的看法。」

結果我還是沒說，還是沉默。

『這樣好了，我叫我媽幫妳安插個工作吧，妳那工作實在不稱頭啊。』

不稱頭。我無聲的重複這三個字，低頭，我看了看胸前的 Cartier，耳邊，我聽見我終於開口說話：「什麼叫作迷惘？」

『哦，原來妳在聽啊，我還以為妳剛才是把手機晾在旁邊咧。可是想想妳又不像那種人。』

那種人。我繼續無聲的重複這三個字。

我想起他曾經也稱呼我為這種人，我到底是他媽的哪種人？這會兒我才發現我差不多快被自己煩死了，因為我還是繼續的問：「什麼叫作迷惘！」

『哦，那個啊。我沒想到妳還記得，看來妳好像還在愛我是吧？』

直到這句話之前，可能是；可是這句話之後，我明白我之前只是鬼遮眼。

我要的只是一個解釋，一個明白，或者應該說是：別人眼中的我。

什麼叫作他媽的那種人？

「什麼叫作他媽的迷惘！」

『好吧，如果妳真的很想知道的話。』

迷惘。小馬說。這是我第一次聽他親口說出這兩個字，以及，他眼中的我：

『當然妳是很漂亮，又不像一般漂亮的女生那樣有感覺難親近，我得說每次出門有妳在身邊時都會覺得很驕傲。一開始是挺好的，可是時間久了真的會膩。

『妳的價值觀只建立在名牌，妳的自信心只來自於外表，妳真的是個很沒有內容的人。妳想聊的永遠只是名牌和流行，我們不能太貪心強求女人個個都才貌兼備又美又有內涵這我知道，可是我真的受不了妳都已經三十歲了卻還只在乎非關靈魂的事一點長進也沒有。

『我說的和妳在一起會很迷惘指的就是這麼一回事。』

沒有人會這樣說他曾經愛過的女人。

沒有人會這樣傷害曾經愛過他的女人。

望著食指大的一〇一，把手裡的紅酒杯放下，我聽見為自己說：

「你以為靈魂值幾個錢？」

不。我可以接受別人這麼說，但我不能接受我也這麼認為。於是我真正為自己說的是：「那，你的靈魂又幾兩重？每週一次大腸水療那麼重要嗎？」

『我不想聊這個。』

「那我們就來聊聊你有什麼資格說我？」

『……』

「告訴你，你畫廊裡那些瓶瓶罐罐的保養品加起來都比你他媽的靈魂重！」

然後小馬就掛了電話，當下我以為我是會放聲大笑的，可是結果我卻是放聲大哭。

太好了，我還是原來那個我認識的愛哭鬼柯靜頤。太好了！

◆之二
馬嘉鴻

我打電話給她的時候她正在哭。這讓我一時間忘記原本我撥這通電話的用意是要教訓她上個月那次無故離開辦公室、嚴格說來算是曠職，我是可以不跟她計較，更別提結果還給她加薪以及送她一個他媽的白痴記事本；但這次如果她得寸進尺的以為可以擅自傳簡訊就請假不來上班的話，那她可真真就犯了大忌也太高估我的包容力了。包容。

仔細想來我對她的包容還真是有夠出乎我自己的意料之外。我記得第七還第八位特助也曾經傳封簡訊就不來上班，好像說是她騎機車和人擦撞什麼的，而我當時的反應是要當時的傅主任（祝妳好運，傅主任）立刻打電話告訴她那麼就請好好處理車禍別想再來上班了；果不其然沒多久之後她又傳來簡訊，憤怒的說道她是真的出了車禍而我也真的是個沒良心的壞老闆，不過反正她本來就不想再做了，所以就此離職也沒差。末了她還不忘祝福我早點下地獄。

結果我只是刪了前後兩封簡訊，連理都懶得理她。

而現在，我不是酷酷的要老李叫她那就別再來上班，卻是自己打電話給她，我是怎麼了？我有很需要她嗎？她煮的咖啡——還不錯，但糖其實加一匙就好。她開的車——滿穩的，但就是太守規矩了些。她——

電話被接起。劈頭我就說：

「什麼叫作眼睛痛沒辦法上班！」說完我才聽見她正在哭，「呃……妳正在哭嗎？」嘖。這大概是在我說過的話裡，繼「請各位觀眾朋友千萬不要再打電話進來。」的廢話第二名。

『沒有哇，我只是睡得太飽所以鼻子癢癢——廢話！我就是在哭，怎樣？』

哇哇，這女人，好像只有心情不好的時候她才會變得伶牙俐齒起來，上次她說什麼心情不好的一〇一時也是這樣。我不知道幹什麼我會這麼印象深刻。

『我知道你是總經理。』她正在說，『不，更正。您是總經理。我知道您是總經理，可是我現在心情真的很不好，你可不可以先放我一馬不要太混帳！』

「姓馬的那個？」

『先放我一馬！不是姓馬的——』她突然噤聲，這才聽懂了我話裡的雙關語，只不過此馬非彼馬，我不曉得她是不是想到了我說的那個馬。

「所以妳現在又在一〇一？」

『沒有，我人在被窩裡不是在客廳所以看不到食指大的一〇一，手邊的紅酒還喝光光，吼～老天爺，我頭真的很痛你——』

「妳又失戀囉？」

『什麼叫作又！』她氣嘟嘟的說，然後繼續哇一聲的哭，真是夠好笑的女人。

「不是又的話，就是同一位馬先生囉？」

『反正不是馬總統！』說完，她立刻扯開喉嚨放聲大叫。奇怪我好像在哪也聽過有人這樣大叫的感覺？『隨便你扣我薪水還是炒我魷魚反正我現在不想講話！』然後她就掛了電話，然後連我也心頭一驚的是：我的反應居然是彎彎的笑。

『和女朋友講電話？』

抬頭，計程車司機從後照鏡這麼問我，這我才發現居然又搭到那位三角眼司機的車。

「真巧。」

『欸。』他開心的笑，『沒想到你還記得我。你是位總經理對吧？』

「欸。」

『我自己的話是記得所有我載過的乘客，但所有的乘客好像覺得全天下的計程車司機都長得一個樣。』

「或許吧，不過我不會每次都給你一千塊車資。」

三角眼司機爽朗的笑了起來，『不過你可以告訴我，你相不相信有外星人的存在？』

「如果下次又搭到你的車再告訴你吧。」

『呵，好啊。』

「問你……」

雖然有點難為情，但想想反正沒可能會再遇到，所以問問也無妨，畢竟，誰會記得計程車上的對話呢？好吧、或許就是我和他，但——

「你為什麼覺得我剛才聽起來像是在和女朋友講電話？」

『你們講的內容我沒聽到，不過口氣聽起來就像是我和我老婆在講電話。』

是哦？

「你們結婚多久啦？」

『快二十年囉。最大的今年就要升高中了。』

「什麼？」

『最大的兒子，今年就要升高中了。我們有四個小孩。』

「真不錯。」

『滿辛苦的，但、是真的很不錯。呵。』

對話本來應該就此結束，可是……

「那是什麼感覺？」

『什麼？』

「和一個女人生幾個孩子過一輩子，那是什麼感覺？」

『這個嘛……』

他歪著頭，很困擾似的想了想，顯然這個問題比外星人到底存不存在？為什麼那麼壞總要搞垮我們地球還難回答，因為三角眼司機還在困擾著怎麼回答時，我的公司到了。

「Keep the change.」

結果，這次我還是又給了他一千塊。

那是什麼感覺？

站在電梯口時，我想問問眼前每個追趕跑跳碰著匆忙趕打卡的同仁，但結果我卻是想起通常這時間是躲在停車場偷吃早餐的柯靜頤；我一直很想告訴她，公司停車格上方裝有監視器，所以我會知道她說倒車入庫很難只是在吃早餐的藉口。

那是什麼感覺？

喝下第一口咖啡時，我想問問今天和總機小姐搶著替我煮咖啡的Steven，但結果我卻是想起通常這時間我會喝到的兩匙糖咖啡，奇怪我怎麼會一直沒有告訴她咖啡太甜、以致於此刻我突然又喝回一匙糖咖啡會覺得不對味？

『咖啡有什麼不對嗎？』Steven緊張的問。『還是要我幫您把咖啡吹涼？』

「那我上廁所要不要也幫我擦屁股？」

放下手中的咖啡，我沒好氣的說。就是這屎蛋害得狗腿變成一件惹人厭的事。

「叫總機去星巴克，我今天想喝熱拿鐵。」

『是！總經理。』

「還有叫雪莉十分鐘之後到這裡來，今天她當我特助。」

『柯特助今天又請假啊？』

「干你屁事。」我說，「她只是請假而已。」

結果我不曉得這話是在給他聽還是我自己。

十分鐘之後，雪莉僵在我的辦公桌前面，滿臉狐疑的重複著我最後一句話：

『愛情是什麼感覺？』

這是我第一次從她的大濃妝裡看見表情的存在。我開始後悔問她這問題。

「是為了情人節檔期的行銷發想。」

『哦，好。』她這才理解的點點頭。『大概就像阿嬤之於總經理，永遠把她放在心頭的第一位，關心她，在乎她，願意為她付出一切。而我們的八心八箭就好比一九四九那一年，阿公和阿嬤用兩根金條交換船票從山東逃到台灣來——』

「我現在是叫妳講腳本了啊？而且我阿公是跟著部隊撤到台灣來！」我沒好氣的打斷她，雖然剛才我就是這麼誤導她沒錯。「不過這點子不錯，把它記錄下來寫進《保值篇》裡面，但是這篇別提到我阿嬤，不然會害她想起我阿公。」

『了解。』

清了清喉嚨，我換個方式說：

「因為希望自然一點，所以妳這次不要從腳本的角度去講。」我努力的想了想，「就好比……妳和妳男朋友。妳有男朋友嗎？」

她點點頭，然後想了想。

『大概是這樣吧？』她開始說。『他不像其他人一樣，只看到我臉上的大濃妝；而他不是只看到我外表的樣子。』

「？」

『我是說，每個人看到我，沒例外的都只會注意到我臉上的大濃妝，然後立刻決定最好和此人保持距離。』

「還有妳身上少到不行的布料。」但我忍住沒說出來。畢竟職場性騷擾可不是鬧著玩的。

『……然後他們就會先入為主的以為我是他們刻板印象裡的那種人，抽菸喝酒混夜店，爸媽大我十五歲，家裡還開檳榔攤；但其實並不是，我爸媽都是醫生他們大我四十歲。我的興趣是養蘭花，我們就是在香港的花展認識的，我是說我和我男朋友，可能是我偏見，不過香港男人是真的比較體貼溫柔。』她停了一下，然後害羞的笑。『沒有人會只是他們看起來的樣子，但這事通常只有愛他們的人才會知道。』

「嗯。」

『而這也是總經理的優點，您很擅常也很願意發掘每個人的優點，把他們擺在對的位子上。我想總經理平時一定經常鑽研帝王學吧？』

這個狗腿我喜歡。

『還有柯特助也是。』

雪莉突然的說，這害我的心跳差點漏掉整一拍。

『一開始誰都覺得她只是外表的那個樣子，後來相處之後才發現，她其實不只是一開始的那個樣子。』

「例如？」

『三十歲才第一次工作——唔！』

「沒關係，我打從一開始看她履歷時就知道了。」

『嗯。』她這才鬆了口氣，然後重來：『她三十歲才第一次工作，不是家裡有錢就是被男朋友養，不過她是後者，有次她聊凱莉包時告訴我的。哦、突然想到，前幾天她問我公司產品有沒有員工價？她媽媽好像很喜歡我們的八心八箭。』

「給她三折。妳繼續說。」

『哦，好。』她繼續：『注重外表又熱愛名牌，每個人看到她都會先入為主的覺得她是他們刻板印象裡的那種人，拜金跑趴假名媛，人生目標是嫁小開，但其實並不是，不完全是；她雖然給人感覺假假的，但其實她滿真的，她只是太在乎別人的感覺而已，雖然看起來就是但她真的並不是那種嬌滴滴的公主病女生，她不是很聰明但她很肯努力。她是今天請假還是要離職了？』

「今天請假。」我沒什麼信心的說。

『哦，那就好。因為我們比較喜歡這個總經理。』

「什麼東西？」

強化與柔和。雪莉的鮮紅色嘴唇裡吐出這五個字。

『她滿能強化你的優點以及柔和您的缺點，而總經理之於柯特助也是。有句話說什麼對的時間對的人對的事什麼的，一時間我想不起來正確的說法。』

「我知道妳講的是哪個。」

人與人之間的化學反應。雪莉又說。

『你們互動的畫面滿可愛的，我說的不只是on節目的效果而已，而是日常生活的相處，真的很加分。我想我在某一世見過。』

「啊？」

『我覺得在我的某一世裡，她是我的遠房親戚。』

「……」

『人都是需要被了解的，只是我們這一世裡的人好像都不再有時間也不再願意花時間去了解彼此了。』

「……」

『順道一提，我的妝和打扮是哥德風，在那一世裡——』

「還有別的事嗎？」我趕緊打斷她。

『哦，會計主任問說如果您過年沒有要帶阿嬤出國的話，那她那天想跟您一起開車回高雄。』

「叫她自己去坐高鐵。」我說，「告訴她車資不准報公司帳。」

『了解。』低頭按了按PDA，抬頭，雪莉想到什麼的說：『還有，今天是星期三，請問總經理午餐會用到幾點？』

「哦，對。」差點忘了，「我再告訴妳。」

和小辛通完電話之後，我告訴雪莉今天我會晚點回公司，但結果我今天居然就沒回公司了。

結果事情完全不是我以為的那樣。

『我以為我們約的是十二點。』

中午十二點整，在飯店一樓的咖啡廳發現我時，小辛滿臉不開心的說。

「現在不就是十二點？」

『那你還坐在這裡？』指了指剛送上桌的午餐，『我可沒興趣耗在這裡等你談生意。』

「哦。」原來她想成那樣。「不，沒有誰要來，我這就是在等妳。烤羊背，薄荷醬，對吧？」

『對。』小辛一臉防備的打量著我好一會之後，才終於肯坐下，『你今天怪怪的，公司出什麼問題嗎？』

「沒有啊，裁掉了一些廢柴，修理了幾隻肥貓，沒有賺得比較多，但可真是省了多多。」

然後她冷笑：『這真是突破了我們的對話紀錄。我是說——你今天幾點？不，我不喜歡在浴缸，但桌上或窗台倒是可以考慮——之外，我們倒是還有過什麼對話嗎？』

「嗯。」我很認同的點點頭，「剛好我就是想告訴妳這個。」我覺得臉頰好癢而且領帶好像也太緊了，「我想，我們也該開始有像樣的約會了。」

她僵住。

「聊聊天，吃吃飯，喝完咖啡才上去，我是指比較一般性的那種約會。不過如果時間不夠的話，咖啡還是可以省略。」

她依舊反應不過來。

「妳覺得如何？」

『我覺得如何？』

不問還好，一問她就開始大笑。

『這是你新想到的笑料嗎？因為這真是太好笑了——妳感覺如何？』她停下來繼續笑，『意思是，馬嘉鴻什麼時候開始在乎別人的感覺啦？』

我僵住。

『像樣的約會，很棒的戀愛。哦，當然，這大家都喜歡，只要是人都喜歡，連狗都喜歡！』說到這，小辛分心停下來聊了一下她家巷口那對流浪狗的愛情故事，那隻惹人疼的黃色母狗會偷偷分食給那隻惹人厭的黑白大狗什麼的，可是講沒多久她自己就不耐煩的把這狗狗愛情故事打住，然後，又重複了一次：『這太好笑了，馬嘉鴻。』

我依舊反應不過來。

『一開始任何人都會覺得哇！這簡直是太幸運了！居然給我遇上個黃金單身漢，而且還是那種活脫脫就像是從電影裡走出來的年輕總經理。可是馬嘉鴻你——』

她停下來吮了吮手指上烤羊背的醬汁和肉汁，我一向就愛看小辛這動作。但她接下來說的話，可就真他媽的了。

『可是馬嘉鴻你呢，則會讓女人寧願窩在家裡看韓劇也勝過和你談戀愛。』

「妳是這麼認為的嗎？」

「我是這麼認為的嗎？」她重複我話尾最後一句，然後再度的笑了起來，只不過這次笑得故意了些；我突然想起國中時候讓郭富城一炮而紅的那個潑水廣告，因為這會我就是想要潑她個滿臉水。

『窮得只剩下錢。託前總統的福，這本書最近爆紅你曉得？』

我搖搖頭又點點頭，我想說些什麼可是結果小辛卻又先說：

『我一看到這書名立刻就想到馬嘉鴻你，你曉得為什麼嗎？』

「我想我離窮還差得遠。」

『你明明知道我說的是什麼。』收起了笑容，她正正經經的說：『你是個好床伴但也只是個好床伴。你今天倒是還要不要上樓呢？』

人與人之間的化學反應。

我想起早上雪莉說過的這比喻，就好比是同一顆鑽石也會有不同的折射面。我告訴自己得提醒雪莉把這寫進隨便他媽的什麼篇裡面。

我聽見我這麼告訴小辛：

「妳不是我的折射面。」

『什麼折射面？』

我沒回答她，因為反正說了她可能也不會懂，這種事大概只有真正愛我的人才會懂，就像是白色小洋房的他們，或者是我阿嬤還有天上的阿公，又或者是每一個買我鑽石的消費者，甚至是他媽的小郭！

越過小辛的肩膀，我在空中朝她身後的侍者做了個簽帳的動作。

我總是搞不懂為什麼這動作代表的是簽帳。

第六章

愛。情

◆之一
柯靜頤

當門鈴響起時，我正在思考著我的離職原因該填上什麼。

離職原因：私人因素。

好一般。Candy有回曾經告訴過我，每個上班族的抽屜裡都會預先擺好一份離職單以備不時之需。

『相信我，在非常狀況之下，立刻帥氣的丟出離職單是必須的。這不但是很有可能發生的狀況，而且還是我們在職場上最後的尊嚴！』

當時我還好奇的問她，那麼離職原因她寫的是什麼？

『每個人都一樣：私人因素。』

她想也沒想的就回答，而坐在對面的小隆則是好珍貴的又開了金口：『嗯。』

我懷疑小隆的離職原因寫的會是：嗯。

『我怎麼會在這裡？！』

雪莉說如果是她的話，離職原因她就是會這麼寫。雪莉承認她在抽屜裡頭也擺著一份預先寫好的離職單。

『只是出於好玩。』說完她立刻強調，『不過我想它會永遠就擺在抽屜裡。』雪莉立刻又說。

我想她是很愛我們的混帳總經理，當然這裡指的愛不是那個愛，這事我想應該不用再強調。

離職原因：健康因素。

鬼才信。我想起貴婦她們補習班裡曾經有位眼睛長在頭頂上的男助教，關於他們超級不對盤的這事其實我完全不感到意外，畢竟童話故事裡的王子和公主沒例外的都會happy ending，但是現實裡的王子病和公主病則搞不好拳腳相向。貴婦他們沒有扭打成一團，他們只是幾度交火——

『為什麼給我排早上九點的課！』

『為什麼每次都是我們幫你叫飲料而你從來就不肯幫我們叫飲料！』

『我不必忍受這些！』

『這正是我對你的看法！』

——諸如此類，小事化大……之後終於撕破臉的收到那位男助教寄回補習班的離職單，而離職單上寫的就是健康因素。

可是在那不久之後的SOGO周年慶時，我們卻剛好撞見他老兄擠在滿滿人海裡搶購海洋拉娜而且搶得比誰都狠。

離職原因：老娘受夠你。哈哈！

哈個頭！還是認真想想離職後我能找到什麼工作比較實際。

我最近發現到大約十五分鐘腳程的星巴克有在徵人，雖然薪水一定不會比我現在的薪水高，而且我也沒看清楚它應徵的是正職人員還是計時人員重點是年過三十的女人他們會不會錄取？可是無論如何我想只要我不再買名牌的話、生活一定還是沒問題！

而且、嘿！說起煮咖啡這事我還真是滿拿手的。更別提每次在等咖啡時看著他們既節奏又輕快的操作機器時，我都會在心底湧起一股「啊啊，那麼今天也好好加油吧！柯靜頤。」的愉快感。

而且往好處想，如此一來我就可以不必再上電視被人羞辱當笑果、還被他媽的小馬看到！對！就這麼辦！

想著想著我心情都變好了，離開客廳我起身走到廚房開始動手做稍遲的午餐，一邊我繼續愉快的想著：

嗯，而且剛好最近的單車潮還滿夯的，我一直就很嚮往能夠騎單車去上班的畫面，更剛好的是我最近看上一台外型好可愛、名字也好可愛的牛奶車，它並不是那種穿緊身運動衣而且騎車時屁股還翹高高的專業自行車者會看上的專業昂貴腳踏車，可是它的外型真的好可愛而且價格也好可愛。

我上網查了它的價格之後才驚訝的發現真是驚人的便宜！居然要價比我那個閒置不用的LV手拿包還便宜！那時候我算過如果把它拿去二手名牌店賣掉的話，或許剛好就能換得一台嶄新的牛奶車回家，任誰看來這絕對都是划算又務實的作法。

啊～啊～真的越想越開心。

所以我就繼續往下想：只是如此一來，我衣櫃鞋櫃裡的行頭可就完全不適合了，我勢必得重新添購適合騎腳踏車的衣服和鞋子，啊，還有包包也是——天哪！為什麼大家都說自行車既省錢又環保呢？

當門鈴響起時，我滿腦子裡就是在想著這些那些，然而，當我從對講機畫面看到來訪者是他時，我滿腦子裡的這些全部立刻都被嚇到一〇一去！

「私人因素！」我趕在他開口罵我之前慌慌張張的說，可是說完卻又立刻覺得有個什麼不對，於是我趕緊又改口：「不，不對！是健康因素！」

『妳在因素個什麼屁啊？』

「Candy說每個人抽屜最底層都會擺上這麼一張以防萬一還是什麼尊嚴的我一時想不起來她是怎麼說的，不過我記得雪莉說她只是出於好玩寫寫而已，我相信她是真的出於好玩，雖然沒問過不過我相信小隆寫的會是嗯。」

『妳到底在講什麼啊？』

他又開始吼我了，而我則是又快急哭了，我甚至得阻止自己開始跺腳。

「我又還沒跟你講你是怎麼知道的啊！」
『我問老李的，妳的履歷上是這地址。』
「啊？」
現在是什麼情形？
『我們一定要這樣講話嗎？妳手機幹嘛不開啊？』
「因為過去這二十四小時裡，最後打我手機的人是你，而在你之前則是他媽的小馬，我想這足以證明我的手機在這二十四小時實在是沒有開機的必要！」
我是很想這麼告訴他的，可是我最好是敢這麼告訴他，於是我什麼也沒告訴他而只是按了鍵讓他上樓，這樣而已。

問題是，他跑來找我幹嘛？
當門打開來我看到他時，我認定他是跑來當面開除我，不是打電話卻是好難得的親自跑來是因為他剛才說過的我手機沒開外加他就是喜歡當面羞辱人！哦、不對，他可能也是要順便要回他的配車，說不準還會厚顏無恥的要求我把油加滿才還他、因為他就是這麼為富不仁！可是、等一下，比爾蓋茲撿鈔票是吧？他怎麼可能親自跑來要回車子呢？再說老李曾經說過總經理他不開車他——

『妳怎麼住得起這地方？』

他一開口就這麼說。

對！沒錯！太好了！太棒了！初次到別人家拜訪就是要講這麼有禮貌的話才可以！

混帳王八蛋！

這混帳王八蛋沒等我回答，就又自顧著邊脫鞋子邊打量著說：

『一走進玄關首先看到的就是酒櫃，不難看出這屋主的生活態度，嗯。』

不如直接把他踹出去如何？

「這空間太小不夠放我的鞋，重新更改隔局又很麻煩。」我沒好氣的解釋，而且我希望我的衣服鞋子和包包一起全部待在更衣室裡因為這樣我就不用跑來跑去的拿鞋子搭配。「所以當初就要設計師直接改成酒櫃就好——呃。」

『怎樣？』

「請不要在我家抽菸。」

『這是雪茄不是菸。』

「哦，那好吧。」

不，實際上這壞透了！而且我也受夠了！

「請你把雪茄熄掉！現在不是我的上班時間，這會也不是在你的地盤裡面，我想我有權利得到應有的尊重！」

沉

—

默

沉默在空氣裡凝結了三兩秒之後，他說，他突然的說：『那是什麼味道？』

「啊？」

『妳廚房是不是在煮東西？』

「啊！！」

太好了！我燒焦的麵，太棒了！我混帳的老闆！毀了我的午餐還毀了我的休假！

我把燒焦的麵丟進廚餘桶裡，我把燒焦的鍋子泡在肥皂水裡，我甚至想把我的頭藏進水龍頭底下就這麼等到他自己離開為止！

不，尊嚴，是吧？我決定立刻就要下逐客令，我才不管是不是會因此被他fire或者亂扣薪水，我——

我氣呼呼的走回客廳，我卻看見他已經把雪茄剪熄放在客廳桌上，我還看見他已經脫下西裝外套掛在餐桌椅背，我正看著他捲起袖子動手在煮咖啡。

我覺得好難為情。

自從和小馬分手之後，我就把咖啡機移到他原本使用的桌面上，因為這樣一來，我獨自吃飯的時候才比較不會感到孤單。

『妳加兩匙糖對吧？』

「呃……對。」

『我打電話幫妳叫外送了，蔬菜披薩可以嗎？』

「呃……好。」啊，差點忘了，「謝謝。」

『妳一向是加兩匙糖，我一直就想告訴妳那太甜了，可是每次我都想完就忘了講，現在反倒是習慣了。』他說，『我不知道別人是不是也這樣，因為我沒去過別人家所以沒看過其他人的餐桌，不過我的咖啡機也是放在餐桌上，我喜歡看著咖啡機吃飯，不過我是為了避免吃飯時視線和我媽對上。我是說如果我有在家裡吃飯的話。』

「哦……嗯。」

『哪。咖啡好了。』接過他煮好的咖啡，我呆呆的跟著也坐在餐桌旁。『希望妳有吃早餐，因為空腹喝咖啡不好；我不是禁止員工吃早餐，我只是覺得上班的第一件事就是吃早餐這樣很不尊重工作。』

「呃……對。」

『我沒猜錯的話，妳是不是在打算離職？』

「呃……唔。」

這麼直接嗎？

『我來是想告訴妳，關於我上一個特助的事，我指的是唯一待得比妳久的那位特助。』

那是他的第一任特助。他開始說。和雪莉、老李還有 Steven 一樣，都是公司草創初期就跟在他身邊一起開創江山的元老級人物，甚至連傅主任都是她應徵進來的。

『陳懿瑱，這她名字。我記得第一次看到她名字時，還心想她幼稚園練習學寫自己的名字時一定恨死了，筆劃那麼多而且長大後也麻煩，瑱這個字常會被唸錯，一開始我就是唸錯，哦、我們都唸錯。』

名字筆劃很多又經常被唸錯的陳懿瑱是他的得力助手，也幾乎可以說是任何一個總經理都會想要的完全特助人選，她精明幹練，她懂得強勢執行也懂得適當的放下身段。

『如果不是有她的話，公司也沒可能那麼快進入狀況吧，真的。雪莉告訴過妳嗎？最初的時候，Steven 甚至還得兼總機。』

「呃……她說的是老李。」

『那顆屎蛋。』他呸了一聲，『原來打從一進公司就開始陽奉陰違的把工作推給別人。』

他大聲的痛罵老屎，但最後卻又表示這個人還是有他的優點啦。這時候我分心想起他會不會也在別人面前這麼大聲痛罵我接著又說其實她還是有優點啦、只是我真的想不出來她有什麼優點就是了，哦、或許她的優點就是她知道自己有什麼缺點吧，哈！

嘖。

接著他繼續說起瑱原來是唸成ㄊㄧㄢˋ的陳特助。

那時候他們的關係與其說是上司與部屬，倒不如說是夥伴，或伴侶。他主外打拚事業賺錢進來，而她主內管理公司也把帳管好；雪莉曾經比喻過他倆好像早期的診所，醫生負責看病、而醫生娘坐在櫃檯後面數鈔票順便緊盯護士或女病患有無非分之想。不過他自己覺得他們比較像是台灣早期白手起家的中小企業夫妻檔，從廠住合一的小小的工廠擴張到規模百人的中小企業；只不過他們的關係從來就不是那樣，而他也沒有想過那方面的事，他滿腦子只想著賺錢賺錢賺錢。

但她不是。

『現在回想起來，我才搞清楚那其實是公司邁入第二年的事，她不是跟了我兩年原來是只有一年。習慣了和一個人朝夕相處還真是件可怕的事，它會給人一種好像已經認識了對方一輩子那麼久的錯覺。』

辛小姐的出現是個關鍵，讓她看破也憤怒並且開始思索她這整年來的朝夕相處日夜工作為的是什麼？沒多久聰明如她想起這裡沒人比她更了解公司的營運、帳務，和漏洞。

而她也確實妥善利用這一點。

『她離職的時候我還覺得有點難過，不過這難過並沒維持多久，大概兩天吧？我想，我們發現她真正離職的原因不是他媽的私人因素，而是她弄走了公司兩千萬！』

「……」

『……』

「她還活著嗎？」

『什麼？』

我真心的說：「總覺得對你做這種事的人，應該會被你殺掉吧？就算是比爾蓋茲撿鈔票——」

『什麼比爾蓋茲撿鈔票？』

我只好把他好熱愛的這比喻解釋給他聽，但我忍住沒說我們還滿常在私底上模仿他這點的，例如：

雪莉：妳昨天晚上有看康熙來了嗎？那個喬琪姑娘——

Candy：花一個小時看電視？妳開什麼玩笑？妳曉得比爾蓋茲如果在地上看到一張百元美鈔都不可以彎下腰去撿嗎？因為他彎下腰的那一秒賺的都不只這一百美金！

小隆：嗯。

我：我的媽啊！太像了！哈～～

又例如：

Candy：欸，總經理外出不在，妳要不要溜去買咖啡？我要冰星樂。

雪莉：好啊，只是妳可能得付我幾萬塊美金，因為妳曉得比爾蓋茲——

我們：哈～～

小隆：嗯。

所以此時他笑了出來，他不但笑了出來，還笑得真真開心，笑得我都臉紅了。

他還真是結結實實笑了好一會之後，才說：

『我是想過要告她或找黑道整她之類的，不過、比爾蓋茲撿鈔票——』他再度笑了起來，不過沒有剛才那次那麼開心了，『不，沒有，就當成是兩千萬的教訓，不過我大概可以確定那筆錢她沒花到。』

「意思是你是真找了某些黑衣人之類的讓她有錢沒命花嗎？」

『妳要這麼想像也可以。』

「唔。」

當披薩送來之後，我們除了『是不是有家披薩超過半小時沒送到就免費？』「好像哦，但忘了是哪家。」『說來麥當勞也可以外送？』「嗯啊，但有沒有金額限制啊？」『其實素食披薩還不錯吃。』之外，我們就沒再有過任何的對話。

我想一方面可能是這披薩還真的是滿好吃的於是我們太過於專注的吃它，除此之外絕大多數的原因還是方才的那場對話氣氛有點超乎我們的預期，以致於結束之後一時間無所適從。我是說雖然我們算來每天也都長時間相處，但這所謂的每天長時間相處不外乎就是他交辦事項、而我回答：「是！總經理。」或者：「對不起，總經理。」這樣而已。

然而，當披薩吃完之後，他叫我抽張面紙給他、而我把面紙抽了給他我們手指不經意輕碰時，空氣彷彿一時間又被抽光重新換過那般，因為他突然的又說：

『我其實也想不透我幹什麼跑來告訴妳這些，我想我今天是真的有點怪怪的。』

他說。

接著他話興很好似的提起一個計程車司機，又提起和雪莉聊的什麼折射面（我還真的聽不懂他說的什麼折射面），接著還有和辛小姐的午餐約會，最後他思緒不知怎的跳到那位有錢沒命花的特助。

『所以，現在我來到這裡跟妳說了一堆，但我一開始想說的重點我卻一直沒有說到。』

「重點是？」

『重點是我很懷念那段時光，結果雖然令人難過而且還花了公司兩千萬，不過、嗯，我很懷念和喜歡的人一起工作的那段時光。』

在短暫的沉默之後，我聽見我這麼問：

「是哪一種喜歡？」

雪莉派的那種喜歡？前特助派的那種只是你被喜歡？

『妳知道我說的是什麼。』他說，『可能那時候我多少是有點喜歡她的吧，可是我沒發現，也來不及發現，但今天我發現——』

他突然打住不說，我在想這是不是因為他這才發現我們現在的距離好像有點太近。

『所以呢？妳為什麼想離職？』

想了想，我決定據實以告。我先是指出他的態度很差但說真的習慣就好，因為他人是不錯只是混帳了點，可是有時卻又覺得他混帳得可愛，當然我指的是被罵的是別人而不是我的時候；差一點我就要說出私底下我們模仿他混帳行為的事情，可是還好我及時把話嚥回喉嚨裡，否則我想雪莉他們可能會追殺我。

然後我告訴他小馬打來的那通電話。

『因為前男友看到妳在電視上被罵所以想離職？』

他一副「這真是太令人發噱了」的表情說。

我知道他這是故意讓我聽起來像是個滿腦子只在乎男朋友而且還已經是前男友的蠢女人，確實我以前可能就是那樣的女人沒錯，但現在我已經不是我知道而且小馬也不再是我的男朋友我還真是大可管他去死，好奇怪他要沒這麼點醒我的話、我還真不知道我已經知道；我還知道如果換成是在這之前的話、我一定又在心底OS這個混帳王八蛋然後晚上看重播對著電視上的他臭罵比中指，可是這會兒是這會兒，這會兒——

「欸，我可以從你的瞳孔裡看到我的臉耶。」

這會兒我們的距離太近，我們的距離不但太靠近而且氣氛還太好。今天我們醒來的時候甚至是方才門鈴響起的時候我們都沒有想到結果怎麼會變成是這樣。

「唔，我們的嘴裡都有蔬菜披薩的味道。」

結果，我這麼說。

◆之二

馬嘉鴻

在那個一開始誰也沒有料想到、但它就是這麼自然發生的吻之後，我們接著做了全天下的男男女女在這種情境這種氛圍之下通常都不會做的事：玩大富翁。

『那是什麼？』

指著電視旁靠近陽台那邊的展示櫃，我問她。

我承認這整件事情是我先起的話頭，我只是滿好奇如果一般人通常會當成鞋櫃的地方被她改成是酒櫃的話，那麼一般人通常會當成酒櫃的地方，她又會拿來擺什麼？

『哦，那個啊。』她明明是順著我手指的方向望去，不過接著她的視線卻硬是往右拉回十五度、落在電視前施華洛世奇的相框上，『那是我和我小姑姑的合照，很巧哦，照片上我小姑姑正好就是我現在的年紀。』

『她很漂亮。』我由衷說，『妳們長得很像。』

她開心的笑了起來。她以為我走過去是想拿起相框就這話題再深聊下去——確實在經過相框時我有停下來特地多看一眼以示禮貌——不過接著我就越過它直接走向展示櫃。

「大富翁？！」

『這我可以解釋！』她立刻又慌張了起來。『我沒想過家裡會有客人，我是說貴婦她當然會來但她——哦、拜託，不要拿起來，它又老又脆弱而且再也買不到了！』

「對對！最早期的大富翁是這樣！」

沒想到還能看到這麼古早味的大富翁，沒想到的她居然完搜了歷年來所有的大富翁！「現在進步到有計算機？」

『那不只是計算機。』她不甘願的解釋，『它還有記憶的功能，有點類似悠遊卡那樣，而且它還有滴滴的音效。』

「這個也是大富翁？」我指著最上方一只木製的長方盒。

『那是美國版的，我小姑姑從美國帶回來的，因為太精美了所以拆開之後捨不得玩，不過當然都是英文也是個原因。對了，我小姑姑後來嫁到美國去，讓我想想這是哪一年的事……』

「妳幹嘛一直試圖改變話題？」

『因為我覺得很丟臉！』

又來了！我真的好喜歡看她壓抑之後的大爆發，一開始我是覺得很好笑，而現在我覺得很可愛。哦、好吧，其實第一次見面、也就是面試那天我就這麼覺得了，只不過當時我告訴自己那是好笑而已。

是不是其實那時候我就有點喜歡她了？

『……小時候過年我們都一邊嗑瓜子喝汽水玩大富翁，就像我們家大人每年過年都會買一副新的撲克牌那樣，我們每年過年都會買一個新的大富翁。』她正在說，『可是我哥上高中之後就不肯再陪我玩了，我哥說那是小孩子的玩意又很花時間而且他想跟我媽他們玩撲克牌可是我還是會拉著他說拜託陪我玩，接著他只好開始轉移話題問我寒假作業寫了沒有好讓我閉嘴別再煩他。所以我只好就躲在房間假裝寫寒假作業但其實是一個人玩大富翁。

『長大後也還是這樣，我說的是一個人玩大富翁。因為反正我又沒事做所以時間多得很，而大富翁又真的很好玩又很好打發時間。每次只要有新版或不同版本的大富翁我就會趕快去買下來收藏。』

「妳耳根子很紅。」

『呃……我好像只要一緊張就會這樣，你現在才發現？』

「嗯啊。」

『好奇怪，因為我記得在公司裡我好像沒有一天不緊張的，而你又實在是很容易害人緊張。』

「這倒是。」這我不否認，因為我多少是故意的，「那可能是因為我們平常的距離不會這麼近。」

我說。然後走向她讓我們之間的距離又更靠近了些。

近到無距離。

在長長的、美好的、纏綿的、法式的、這次沒有蔬菜披薩味道的吻之後，我問她：

「妳要玩嗎？」

『哦，我一直很想告訴你，講話不要這麼粗。』

「好。」我同意，「但我認為我問的是，妳要不要玩大富翁？」

『哦，呃，呵。』她尷尬的笑笑，想要解釋些什麼好化解這會錯意的尷尬，可是結果她想半天也想不出來要怎麼解釋這會錯意的尷尬，所以她乾脆就放棄了不解釋這會錯意的尷尬而問我：『可是你有時間嗎？我是說——』

她比了個看錶的動作，而我點頭。當老闆的爽就是從來不用寫假單、只消在心底跟自己說聲：老子今天不上班——這樣就好。哈哈。

「因為我沒玩過計算機還會滴滴的大富翁。」

我煞有其事的解釋，雖然這解釋真真是多此一舉。

我們多少都知道這單純只因為此時的空氣濃得讓我們都想繼續待在一起、讓這氣氛延續下去，而玩大富翁——這個很花時間又或者說是很好打發時間的大富翁——可真是眼前最好的主意。

我不曉得兩個吻和一個擁抱這樣算不算是戀愛了，不過我更加確定的知道我是喜歡她的，喜歡和她在一起，就算不是工作也可以。不只是雪莉說的那個什麼折射面的原因，那畢竟是別人對我的感覺而不是我自己的，我自己的感覺就是喜歡，只是我以為弄不懂那是哪一種喜歡，不過當然在三個吻還有再一次的擁抱之後我徹徹底底的明白了。

「我一向喜歡把時間花在和錢有關的事情上面。」

我說。這句話當然是玩笑話，但不知怎的從我嘴裡說出來卻完全不像是在開玩笑。哎、隨便啦那又怎樣，反正她也不在乎，因為她已經快一步的走出我懷裡跑去清桌子好擺大富翁了。望著她彎下腰的背影，我突然開始反悔懊惱恨自己剛才為什麼不順著她的會錯意然後這個那個——或許就在沙發上這個那個。

我提過她的腿嗎？嗯，那麼我想這就不必再往下解釋下去了。

只是、哦～老天爺！我居然還沒和她上床就愛上她了？！這樣正常嗎？

在那個大富翁的下午結束之後，我們並沒有移駕到她的臥室去，順道一提、沙發也沒被怎樣，我們只是肚子都餓了所以決定外出晚餐；在電梯裡的時候，她忍不住提醒我正在吹起口哨時，我突然覺得有點窘，還好我窘的時候不像她會耳根子燙紅。就讓我這麼比喻吧。如果她一緊張就會紅耳根的話，那麼我一戀愛就會開始不由自主的吹口哨。

「我想我是戀愛了。」

我脫口而出。

我告訴她上一次我會這麼不自覺吹口哨時是高中時的事（呃……其實是幾年前我存到人生中第一個千萬時，但我想這不是重點），只不過那時候我是邊騎腳踏車邊吹口哨，所以我才會知道騎腳踏車時還是安分一點比較好，因為那真的是滿喘的。

『你們怎麼分手的？』

「哦，升高三那年，她全家移民到澳洲去。」

『所以就分手了？』

「不是都這樣嗎？」

『哦……』這話她想了想，然後問：『那你有哭嗎？』

「沒有，不過我記得歡送會時，班上有個和她其實不熟的女同學倒是哭到隱形眼鏡掉下來，那時候我還覺得好奇怪，不是因為她們又不熟、這倒是在哭什麼，而是我真的沒有辦法了解她的感受、我指的是隱形眼鏡哭不見的那個女同學。

「後來在越洋電話裡我告訴她這件事，結果她反而覺得我奇怪，好像是說我沒感情還什麼的。我猜我這點大概是遺傳到我媽。」

『你好像滿討厭你媽的哦？』

「嗯。」

這個嗯是回答也是句點。我很樂意讓別人知道我討厭我媽，但我不想也不喜歡和任何人討論為什麼我討厭我媽，尤其當對象是她時。

把車開出停車場時，她問我：

『你為什麼都不開車？我幾乎都要以為現在是上班了。』

「會嗎？我現在又不是坐後座。」

『也是啦。』她同意，然後說：『我問過老李，不過他好像不太想說。』

謝啦，守口如瓶的老李，我就知道沒錯愛你。

「我右小腿的神經還什麼的受過傷。」我告訴她，「醫學上有個名詞但我忘記怎麼說，但反正後遺症是不太能使力。我試過用左腳踩煞車和油門，不過總是怪怪的，但反正我也沒什麼必要開車。」

『倒也是。』

話題是可以就此結束，但就是搞不懂為什麼我還是繼續告訴她：

「其實醫生說只要好好復健就會好的，但——哦、天曉得！可能早就好了也不一定，因為在床上又沒影響、我是說——」

我是說我大概是該閉嘴了，但結果我的嘴巴我的腦子我的感情都要我繼續把話說出來：

「其實也沒什麼好隱瞞的，是打架受傷的後遺症。」

『咦？』

「以前我是個愛打架的學生，滿肚子的憤怒卻又不知道在憤怒什麼所以就更加憤怒，現在回想起來可能只是單純青春期的叛逆而已吧？再說那時候我認識的男生也都是這樣，所以也不覺得這有什麼，對我們來說、打架好像是某種回應長大這件事的激進方式。」真的只是個過程而已。「只不過我阿公實在是看不下去。我那時候真的搞不懂小時候他也常打我，為什麼長大後卻又不准我打別人？說到這、妳知道阿飛是什麼意思嗎？」

『古惑仔？』

「哦、妳知道。那時候我阿公一生氣就會罵我阿飛，一開始我還以為他是說我長得很像電影阿飛正傳裡的劉德華或梁朝偉咧。」

我沒想到我還是會說出來，我是說關於阿公的那一部分。

我是會提起我阿公而且還滿常提起的，那是因為我不覺得阿公已經過世、所以就不再提起或者避免提起他，那樣很不尊重阿公、我是這麼覺得，好像阿公活過的這件事情被我刻意否認一樣，那不對，很不對。

頭一兩年當然是很困難，尤其是每次從部隊放假回家看阿嬤時。我那時候真的打從心底覺得還是不要跟某人有太深太久的感情牽絆比較好，因為到頭來總是會有人先死，不管是對方還是自己都令人太難受，就像失去阿公的阿嬤那樣。

想想、他們已經一起生活了一甲子，可是……嗯。不過我還是得承認有的時候、極少數的時候，我是羨慕他們的，能和一個人相遇相識相知那麼久、彼此感情那麼深、而且人生一起走過。

而現在，就是這種時候。

「我想我是故意不去復健，因為我是真的覺得對不起阿公。」

我說。

那天晚上我在外面和朋友鬼混，喝酒、唱歌打撞球，然後、很一般的，我們覺得對面的那群人在瞄我們而且瞄得我們很不爽，就這樣互相嗆聲、「你看什麼看！」「現在是怎樣」的推來推去最後變成各自揪更多人的打群架；我的右小腿就是那一次受傷的，我還記得那晚在醫院被醫生罵被護士還有其他病人指指點點時、心裡只想著：幹！又要被阿公揍死了。

可是結果沒有，因為就是在同一晚，阿公心肌梗塞倒在浴室裡沒有再醒過，我想不起來他最後一次揍我是什麼時候。

「我以前是真的恨死阿公揍我了。什麼事不能好好講、一定要動拳頭，軍人又怎樣？這是家裡又不是部隊！」我說，「我什麼事都跟阿嬤講，尤其是到台北之後，我還是每天打電話給阿嬤聊聊天，可就這事我說不出口：如果那天我留在家裡沒出門呢？會不會我就來得及救阿公了呢？」

我沒往下說去，因為我得等她好好哭完，她哭得是真的傷心欲絕，一時間我還有點錯亂我剛才講的是我阿公而不是她的、不是嗎？

『我想我的哭點是有點太低。』走出停車場時，她吸了吸鼻子，然後說：『我連看威爾史密斯的《全民超人》都會哭。』

「妳說錯了吧？是威爾史密斯的《當幸福來敲門》吧？」

那部片我也是一個人關起門來看，天曉得我可真是看得哭慘了。

『是《全民超人》沒錯。』她說，『不過你講的《當幸福來敲門》我也是哭到鼻塞。』

「我想不透《全民超人》的哭點在哪？莎莉塞隆穿太多嗎？嗯，那確實是滿氣人的。如果妳看過她拍的那支真他媽性感的 Dior 廣告，妳就會知道這氣點在哪。」

『那支廣告是真的讚。』她同意，但她還是想繼續聊《全民超人》的哭點在哪裡，『當人很好的男配角問威爾史密斯是不是和內褲外穿的那個超人一樣來自外星球時，他說他不知道，真的不知道。幾十年前他醒過來的時候人就躺在醫院裡而且還失憶，他不知道他是誰？從哪裡來？為什麼在這裡？家人在哪裡？只知道他好像跟其他人都不一樣，針打不進去他手臂因為會彎掉什麼的。然後他說……』她又開始哽咽了。『他說：我以前一定很混帳吧？不然為什麼都沒有人要來和我相認？』然後，立刻的馬上，她又低頭掩面偷哭。

真……

飯店晚餐——

在等主餐送上桌的時候，她假裝「哦、對了，反正也是在等餐送上，不如就找點話來塞塞這等候的空檔吧」的姿態問起關於小辛的事；這事我完全不感到意外也不覺得有必要否認，反正白色小洋房裡的他們早就都知道我和小辛每週兩次的午餐約會，哦、不，Steven 也是小洋房裡的人，所以說來或許連大辦公室那邊也在傳、我想。

於是這會我毫不保留細說分明，結果她的反應和我預期的相去不遠，她不是很介意但她想確認以後是不是可以從我的行事曆裡劃掉這行程？

『不是說我保守，但我真的比較傳統。』她解釋。

「妳決定就好。」

我憋住笑的說，接著我嚼了嚼剛送上桌的烤牛排，我想把主廚叫過來問問、這烤牛排是不是加了糖？否則為什麼此刻我嘴裡出現甜甜的滋味？可是接著我再往回說起和小辛的相識過程時，我沒想到她的反應是笑個不停，於是我明白這烤牛排確實沒加糖沒錯。

而且坦白說，我覺得有點被冒犯了。

『想上雜誌的原因，是希望能把雜誌燒給在天堂的阿公看？』

「不然我要怎麼讓阿公知道？燒電視嗎？」

我覺得很沒面子，早知道就不要講了。

『紙紮。』她說，『你知道嗎？』

「那是什麼？」

道理有點類似我們在守靈夜時會折來燒給往生者的紙蓮花。她告訴我，不過SKEA的創意紙紮則比較……貼近？

「貼近？」

『呃……我不太會形容，不過就是沒有傳統紙錢或紙蓮花那樣令人沉重的感覺。很精緻，有點像是禮物的概念，而且我們可以為天堂的親人量身訂做想要燒給他們的專屬禮物。』

去年她奶奶忌日的時候他們家就曾經去訂做。她繼續說，爸爸訂做了一整套的教科書還有國語字典給奶奶，因為他說奶奶小時候很想念書只是家裡窮沒辦法，他覺得現在奶奶應該有時間可以一了心願了；媽媽訂做的是一堆漂亮的衣服，而且版子都很小，她說奶奶年輕的時候很瘦又很美，她相信現在在天堂的奶奶一定變回她年輕時的模樣愉快的守護著我們；哥哥訂做的是搖椅和扇子，他回憶裡的奶奶總是坐在門口的搖椅搖著扇子等著我們放學回來好帶我們去巷口吃粉圓冰，他很懷念那個畫面。

『我訂做的是一整套的化妝品，我奶奶很愛漂亮，連最後生病住院時都還要我幫她搽口紅，我怕她在天堂沒有化妝品用一定會不自在。』

「那——」

不等我問，她就開始掏包包。

『沒問題，我幫你查。』

我看著她拿出那個香奈兒的筆記本，用圓圓的字體認真的寫進行事曆裡：我忍不住笑了出來，因為我看見她很用力的多寫了一行：P.S.午餐約會，禁止！

「妳也是高雄人？」

指著她行事曆上寫著回高雄的那一格，我問她。

『嗯啊，也的意思是？』

「我也是。左營。妳呢？」

『愛河附近。我一直以為你是台北小孩？』

「算是，」想了想，我說：「但不完全是。」

這天晚餐結束之後，我們還是沒有做全天下的男男女女在這種情境氛圍之下會做的事，我們只是約好了下星期一起回家過年，這樣而已。

老天爺，我想我是真的戀愛了！

第七章

改。變

◆之一
柯靜頤

頭幾天還滿不自在的，我說的不是我們對於我們之間發展出來的新關係，相反的，我們簡直不必適應就立刻融入了，自在得好像我們早就該談戀愛了一樣。

就好比隔天一早，我開車去接他上班時，他想也沒想的就直接打開副駕駛座的門而非象徵總經理的右後座。

情人。當下我甜滋滋的 OS。

雖然他下一秒就立刻指出：

『妳今天遲到兩分鐘。』

老闆。這會兒我心底的 OS 是這個。不過還是滿甜的，因為他接著又說：

『我記得我們昨天凌晨三點就掛電話說晚安了不是嗎？』

情人。甜度直線往上飆升。

『今天例外好了，但明天如果遲到的話就要照扣薪水了，我不想公私不分。』

老闆。直線下降。

接著他彎腰打開置物箱拿出我一向偷藏在裡面的早餐，幫我把奶茶插好吸管放到我這邊的飲料架時，他說：

『我一直就想告訴妳了，停車場有攝影機，角度剛剛好，所以妳不用再假裝倒車入庫不拿手。』

情人&老闆。

呵。

自在。

不自在。

我指的這不自在是對於雪莉他們，我有想過應該要跟他們講，舉例來說如果今天換成是雪莉和小隆在談戀愛卻又瞞著我們的話、我想我也會不開心，坦白說、呃……我覺得他們兩個還滿配的；又或者是Candy和Steven——哦、不，這個舉例太羞辱Candy了，她人是真的很不錯只是也真的有點怪，別這樣。

無論如何我的意思是畢竟大家都認識，而且我們又同在白色小洋房裡工作、生活還有說老闆壞話；關於說老闆壞話的這話題我還是會加入，畢竟不能因為他是個好情人就假裝他不是個壞老闆，對吧？而且在公司裡說老闆壞話難道不是身為苦悶上班族的最大樂趣嗎？不過我還是得說他其實也沒那麼壞啦，因為上班的第一天（應該不用說明是哪個第一天吧？）他就指示雪莉別再把我寫進腳本裡了，因為觀眾也膩了所以沒必要再用這老梗。不過當然真正原因是什麼我想我們都知道，我覺得和老闆談戀愛其實沒有大家說的那麼不好，嘲笑我這觀點吧我不介意。我才不管貴婦怎麼說。

我比較介意的是還沒想到要怎麼告訴雪莉他們，特地說出來是有點奇怪，可是瞞著不說又更奇怪，雖然他們三個人本身就都是很奇怪的人。

在沙盤推演了三兩天之後，我是這麼打算的：

Candy：欸、靜頤，總經理是幾點會過來？我想溜去銀行辦一下事情。

我：三點，所以我想妳最好兩點半就回到位子上比較保險。還有，我們談戀愛了。

可是結果我才說到「兩點半」連「還有」都來不及說時，Candy 就已經捉起包包衝出去了。

也罷，想想還是告訴雪莉好了，她畢竟比較通情達理，或許她聽完會接著扯些什麼前世今生的轉移這話題。

嗯。

雪莉：妳下班後有事嗎？有個前世今生的催眠課程有沒有興趣陪我一起去？

我：我晚上有約會耶，而且那個人妳也認識，其實就是總經理啦。

可是結果我才搖搖頭、連話都還沒有開口說，雪莉就緊接著追問我那麼明天有個易經入門咧？還是後天的紫微斗數咧？搞到最後我不但連說都沒機會，而且還不知不覺的答應和她一起去報名夢境解析的課程。

還是把目標鎖定小隆吧！嗯！反正不管對方跟他說什麼，他唯一的反應也都只是『嗯。』而已。

當我看到小隆拿下他的大耳機，起身離開座位時，我立刻捉住機會跟在他身後：

「小隆！」我趕快喊住他，「我有事想告訴你。」

『嗯。』

看吧？果真是這反應，不意外。可是接下來的畫面我還真有股衝動想拍下來錄影存證，因為接下來小隆居然好難得的開了金口對我說，他說：

『可是我要上廁所。』他往下指了指，『滿急的。』

「哦，抱歉。不過原來你講話還滿流暢的耶。」我很意外的說，然後還是跟在他身後走，我邊走邊說：「我跟總經理談戀愛了，雖然特地說出來好像滿怪的，可是瞞著不說也奇怪，更怪的是我想了好幾天但就怎麼也找不到個好時機說，我是說平常我們都還滿常聊天的不是嗎？所以這事情應該滿輕易就能藉機說出來但誰曉得——你幹嘛一直夾大腿？」

『快尿出來了。』

「哦，抱歉。」

在小隆順利及時解放膀胱的同時，我同樣也有一種如釋重負的愉快感：終於我把這不好說的祕密道出，因為我是真的覺得應該說，我認真看待這事的程度甚至還把它寫進行事曆裡——**告訴他們！**——而且這會更讚的是其實我說了也等於沒說，因為我訴說的對象是除了尿急之外、沒例外都是處於沉默狀態的嗯小隆，請別誤會我這話有什麼負面的暗示，但自從進公司以來我真的是沒看過小隆開口說過話。我剛才真的好驚訝原來小隆是真的會說話。

可是結果回到座位上，我才愉快的翻開行事曆把**告訴他們！**這個P.S.劃掉的十分鐘不到，雪莉從電腦前彈跳起來，才想問她怎麼了的時候，她就轉過身來沉重的凝望著我，然後她戒慎恐懼的問：

『這是真的嗎？妳和總經理？』

「啊？」

我懷疑剛才這短短十分鐘不到的時間我有沒有漏聽了什麼，可是仔細回想我十分確定除了敲鍵盤、點滑鼠的聲音之外，這短短十分鐘不到的時間什麼聲音我也沒漏聽；雪莉和我離開座位前一樣、依舊仔細搜尋著所有的命理課程，小隆沉默的回到座位上接著戴起大耳機，剛剛氣喘吁吁從銀行衝回來的Candy可能是因為還在喘的關係所以也沒聽到她莫名其妙又大叫。

不過這會她倒是正在放聲大叫：

『啊！妳和總經理談戀愛？！』

「妳們？」我想不透，「怎麼？」我想到了！「小隆！」

『msn。』雪莉解釋，『我們每天都在msn上聊天，小隆其實滿健談的，我指的是msn上的那個小隆。』

「可是他不是才剛回到座位上嗎？」我立刻問小隆。

『他打字滿快的。』雪莉替他解釋。

這是什麼解釋？

『我也是。』Candy跟著說，『我說的不是我打字也很快而是小隆也丟給我這訊息。』然後她突然想到什麼似的再度放聲大叫，『這可以告訴她嗎？她會告訴總經理嗎？偷上msn是要罰一萬塊薪水的耶！我上個月才被他逮個正著恐嚇過了耶！』

太好了！我就是不想要看到這樣的結果：哦哦，她和總經理戀愛囉？那看來我們只得防著她一點了，枕邊細語曉得吧？哦、不，照我看就乾脆都別再跟她說話好了，排擠她吧排擠她。對對，就是這麼做！

『妳幹嘛哭啊？』

我聽見雪莉問。

『妳不是才知道而已嗎？』Candy說，『她愛上總經理啦，而且他們還談戀愛了。這換作是誰的話都會百感交集、又悲又喜的哭出來吧？』

「可以不要這樣嗎？」我忍不住的說。我好不容易交到朋友了可是這會──「他是個混帳老闆沒錯，可是他人真的是不錯，他努力工作，他關心員工，他甚至偷偷在擔心Candy的卡債和雪莉不該去買水晶球還有小隆都不說話是不是講話大舌頭他而那可以治療！」

『我、我有去辦債務協商！』

『我只是買來當擺飾又不是真的摸著水晶球看未來！』雪莉咒了一聲：『該死！我講的時候知道他剛好走進來，但我真的沒想到他會聽進去還記起來放在心底！』

『我沒有大舌頭！』

不理他們，我繼續說：

「他不是故意表現得混帳而是他的確就是這麼混帳，可是他又不只是表面上的混帳而已他心其實很軟很善良——哦、算了，我也不知道我在說什麼，越是在乎的事我就越是沒辦法好好的說明，這點我是真的氣自己也努力在改進，可是再怎麼努力改進我還是沒辦法像妳們那樣口才好又靈活，我是說——」

說到這裡，我停下來擤了一下鼻涕。謝啦、小隆遞過來的面紙。

「我是說我就是愛上了他怎樣？而且我也很高興被他愛上，我一直擔心我這輩子還能再愛嗎？還能有被愛的機會嗎？因為我已經三十歲了，好像三十歲的大人就應該這樣那樣怎樣的，尤其是三十歲還單身的女人還要被哪個白痴說是什麼白痴犬的，這到底是哪個吃飽撐著的白痴想出來的白痴名詞？奇怪我們三十歲還單身又怎樣？這到底關那個白痴什麼事情？他是吃飽等餓幹什麼不去關心全球暖化或者能源危機？怎麼？他是曾經追某個三十歲女生追不到所以心生怨恨搞出這名詞汙名化所有的三十歲單身女人嗎？小隆你可以再給我一張面紙嗎？哦、乾脆整包丟過來啦！」

整包面紙，盡情擤夠鼻涕之後，我才又說：

「是的，我愛他。是的，我很高興我們相愛。是的，我知道這關係在這辦公室裡會有點尷尬。是的，我還想繼續和你們當朋友。我是說你們可能覺得我們只是同事而不算是朋友，但我真的就是很喜歡你們雖然你們是真的有點怪，但我就是喜歡把你們當成朋友，喜歡我們每天相處的這八小時時光。」

『呃……』

在長長的沉默之後，Candy 首先說：

『我剛剛只是開玩笑的，冒犯到妳我很抱歉；我願意道歉是因為我也很喜歡妳，否則我不會在乎妳的感受更別提道歉。』

『我以為我們已經是朋友所以一直沒有說，不過交朋友又不是談戀愛，應該沒有人會向朋友確認說：嘿！我們是朋友沒錯吧？』

雪莉接著也說：

『不過我欣賞妳剛才說我們口才好又靈活的那段話。抱歉小隆，我沒有在影射你的意思。』

『小隆講話滿流暢的也滿好聽的。』我忍不住替小隆澄清。『他可能只是太習慣打字聊天而已。』

『嗯。』還有，『謝謝。』接著：『我也很喜歡妳們。』

嗯，小隆確實是開口說了這句話：我也很喜歡妳們。

就是在小隆說完這句話的下一秒，我們好有默契的同意關於我們是喜歡著對方的這件事情是真的不必開口說出來沒關係。

『那……』Candy 清了清喉嚨，『我們以後還可以繼續講總經理壞話嗎？』

『我們不是真的討厭他，只是單純喜歡講老闆壞話而已。嘿！我們是上班族啊、拜託。』

「當然，我懂。」我說，「因為我也滿愛講的，而且我發誓我不會告訴他。」

『嗯。』

嗯。

儘管我們約定好一切要和從前一樣不會有任何改變，或刻意，或尷尬，不過這三個年紀比我小很多但辦公室資歷卻比我多很多的辦公室小滑頭立刻六點一到就快狠準的關了電腦收好包包起身離開下班去。

「呃……」我好心的提醒他們，「總經理好像才發飆過不允許這麼準時下班，對吧？」

『可是工作就是已經做完了嘛。幹嘛耗在這裡裝忙浪費公司資源和我們的時間，這樣很不環保耶。』

我記得那時候Candy也是這麼告訴他，只不過她只說了第一句然後他就立刻又再發飆好久。

『而且今天是星期五，我想下班時間他應該比較希望只看到妳。我記得我夢過這畫面。』

『嗯。』

「可是——」

『所以接下來妳的工作就是讓他忘記我們準時下班嘛。喏、釦子再往下開兩顆吧，妳幹嘛要這樣浪費妳的胸部？』

『順便告訴他有本事準時下班是代表此人工作能力好。我在夢裡也是這樣告訴他。不過當然我沒往下開釦子，不然就會露肚臍了。我確定他對我的肚臍沒興趣。』

『麻煩妳了。』小隆說。

最好是這樣啦！

果不其然，十分鐘之後，在這個燈關到只剩下一盞的人去樓空安靜小洋房裡，我聽到他發飆的聲音由外往內再由下而上：

『粗話粗話粗話……小王八蛋！粗話粗話粗話……扣薪水！粗話粗話粗話……講幾次──呃。』

他停在我的面前，無論是他的發飆，又或者他的視線。

「因為他們工作效率很好在下班之前把該做的事都做完了，所以就把冷氣關了。」我愉快的說。我是真的還把冷氣關了，不然釦子開這麼低是真的會冷；本來我還想扯一下Candy說的浪費資源不環保什麼的，不過此時他臉上的表情告訴我這會是多說無益。

『是有點熱。』他同意，還很配合的揮起手來搧啊搧的。『妳知道這三樓是什麼嗎？三樓通風挺好的，而且還有個大天窗。』

原來白色小洋房的三樓是臥室。

我告訴他其實早在面試那天、不，早在七年前我在這前身的公司短暫工作三天時就好想知道三樓究竟是作什麼用的？結果我沒想到他居然還記得面試那天我有個問到嘴邊卻又收回的問題，他恍然大悟的說沒想到原來是這個；這時候我心機稍重的沉默了一下，我等著他繼續說其實早在面試那天他就有點喜歡上我了，可是結果他沒這麼說，他說的是：

『從面試那天我就開始覺得妳滿好笑的。』

可能是因為我看了他一眼，於是他快快的改口：

『我是說可愛，從面試那天我就開始覺得妳很可愛。』

還有，原來白色小洋房是他買下來租給公司的房子，嚴格說來是他阿嬤的房了，因為他買的時候是登記在阿嬤的名字下面。

『這讓我有種和阿嬤還住在一起的感覺，我那時候其實滿討厭台北的，可是住在阿嬤的房子裡、會讓這感覺緩和很多；所以面試那時候妳說妳真的很愛這房子時，我不知道發什麼神經的就因此決定錄取妳了。』

他說。

一開始他是打算買下來當作台北的住所，可是沒想到公司會擴張得那麼快——呃，我想這些就不需要拿出來又重複了說，因為他還真是動不動就拿出來講啊講的。總之他把一、二樓稍作改變而保留三樓的臥室是因為那時候他們幾乎都工作到夜深，所以有張床能睡有個浴室能洗澡的話會方便很多。他講到這裡的時候，我有「哦，既然剛好提到，那就順便問一下吧。」的問他：

「那麼，有誰睡過這裡嗎？」

我才這麼一問他就立刻知道我的言外之意，他想了想然後說沒有，他會告訴他們公司在右轉過馬路的飯店有個房間可以去休息或過夜，那時候通常是Steven過去睡，因為老李太客氣、而且無論是多晚他都還是想回家看一下兒子，而雪莉和前特助則是因為誰也不想被看到卸妝後的樣子所以從來也沒有使用過飯店的房間。

「為什麼？」

『這還用問？』又是他的招牌混帳口氣：『前特助妳沒看過所以不知道，不過她的妝起碼有雪莉的一半濃，而她的年紀又是雪莉的一半大。』
「我是說為什麼這裡不給任何人使用？」
『哦……可能我也不想被看到卸妝後的樣子吧。』
這一聽就知道是胡扯，首先他根本就沒化妝，而這會我們就是在這裡，我是還沒有卸妝沒錯因為他這裡沒有卸妝油和保養品，哎～總之我們就是使用了這層樓、這臥室，我不想講得太細節，不然聽來會像是在炫耀。
唔。
『有時候我還是會睡這裡。』他突然的說。『我是說老李還是我司機時，有時候太晚了我就會直接睡這裡，不然他還要載我回家再回家會太晚。他媽媽身體不好，我好像說過。』
「你真的是對老李滿好的。」我說，有點抗議的說，「因為我記得不管是多晚你都還是要我載你回家，一點也不在乎落單女人夜歸很危險的這回事嘛。」
然後他就笑了起來，既混帳又迷人的笑著說：『這麼說來可能那時候我就喜歡上妳了吧？』

「最好是這樣。」

『真的啊，雖然明知道很晚了，可是就想要再和妳多相處一會。』他刻意說得輕描淡寫，不過他的表情卻洩露了痕跡，還有他的手也是。

「很癢。」

我把他的手從後頸拍掉。

『嘿，我覺得我們該有個正點的約會。』

「正點的約會？」

『嗯，正點的約會。』他指出：『第一次、我是說那天，那說起來是個約會，但一開始卻還是為了工作，我指的是我去找妳的初衷。接著我們每天雖然也見面、吃飯還有——』他的手轉而游移到我的背，這次我只是咕咕笑而已，我等著他說。『反正我覺得我們該有個正式的約會，或許還很老梗的會有首定情歌什麼的。妳知道哪家餐廳有在桌邊拉小提琴還什麼的嗎？妳喜歡小提琴嗎？』

「還好而已。」

『那就好。』他鬆了口氣的說，『因為電影上看來好像還滿浪漫的，可是搬到現實、有人在桌邊拉小提琴唱情歌的話，我真的會覺得滿尷尬的而且搞不好還會說髒話。』

「你決定就好。」

『然後重點是我會去接妳，因為妳說每次開車都像是在上班，當然我不是打算自己開車去接妳，我想我會搭計程車，說不準會又搭到三角眼老兄的車，然後——』

「你決定就好。」

我再一次的說，然後把他的手下移到我們都希望它待著的地方。

『哦……去他媽的，明天再說。』

最後，他只這麼說。

◆之二 馬嘉鴻

本來應該是這樣的，這我們的第一次的正點的約會：

因為昨天忙到太晚又太累（是的，這裡指的忙就是意有所指的那個忙；是的，這是在炫耀沒錯），所以我們的第一次正式約會是從下午的電影開始，當我們在星巴克吃著遲來的早餐，而我才一說到看電影這三個字時，她立刻就指出威爾史密斯最近有部電影《七生有幸》她剛好很想看（她好像真的很愛威爾史密斯，我是不是該去曬黑？），我說好啊沒問題，只是待會別忘記先到7-11買兩盒面紙先，還有麻煩她到時哭小聲一點因為她每次都是哇的一聲大哭出來，說完她又氣又笑的捏了我一把，然後我們——好啦！我知道別拿這種情侶間的肉麻事碎嘴煩人。

接著是晚餐。

雖然我個人一向偏好君悅但我還是會帶她到遠企的三十八樓吃頓又棒又情調的浪漫晚餐，而且重點是我會不著痕跡的吃很快省得我們花太多時間在這裡，因為錢要花在刀口上、而時間尤其是。我會比較想要把時間擺在接下來我們會去到的同層樓酒吧，一邊看著一〇一一邊喝它個兩杯酒，這裡指的兩杯是真的只喝兩杯酒，因為重頭戲到底還是移駕到飯店房間的這個那個，談情說愛我是真的不拿手，可是——嗯。

而且反正訂房的時候我已經交代好要先備妥香檳在進房門第一眼看到的位置。

然後是最重點的這個那個。這才叫作正式的完美的令人期待的這個那個的約會。

本來應該是這樣的，這我們的第一次正式約會；可是結果卻不，非但是不，而且還不的十萬八千里。

『遠企？』

走出電影院時她還紅著眼睛擤著鼻涕，但是當我才提到遠企這兩個字時，她卻立刻從電影情節裡驚醒回現實來。

「怎樣嗎？」

『哦，不……我只是——我們一定要去遠企嗎？』

君悅當然是更好，只是搞不好會在那裡遇到小郭那個二百五然後搞得我眼睛痛又心情差間接影響到我們的這個那個。我在心底囉嗦了這堆，不過我告訴她的是：

「當然不一定要遠企，只是因為妳喜歡一〇一所以我首先就想到它。不過重點是我晚餐還有房間都訂好了，就在中午陪妳回家換衣服的空檔對著大富翁的展示櫃打電話訂的。」

『天哪。』

「有什麼不對嗎？我沒亂碰妳的大富翁。」

『不……我只是——天哪！』我研判她這會的表情應該是感動，『我是說你咖啡不自己煮，車子不自己開，衣服不自己洗，午餐不自己買，更別提有時候連手機的訊息都不自己打——』

「我就是討厭看注音。」

『你甚至連雪茄都要別人幫你點火！』

「那只是有人在旁邊的時候才需要。」

我替自己解釋，而她好像不太在意這個解釋，因為她繼續說：

『而現在你居然自己打電話訂位？』

「還有訂房間。」我提醒她這個重點，我有想過要不要順便也把香檳說出來，不過想想我覺得把我的感受說出來好像是比較重要的：「被妳這樣一講我好像還滿糟糕的。」

『不……我、嗯，我很感動。』

「……」

『那好吧，應該不會那麼巧。』

「什麼東西那麼巧？」

『沒有啦。』她快快的說，笑著說：『還有，我也很感動你記得我的一〇一。』

「我是有想過去一〇一晚餐，但問題是如果我們人在一〇一裡面倒是怎麼看一〇一——」

說到這我就沒辦法再往下說去，因為她此刻踮起腳尖，所以我這會兒舌頭有比說話更重要的事得做。情侶間的肉麻事別說出來煩人，記得吧？

可是後來一切全搞砸了，沒有很棒很情調但最好是別浪費太多時間吃的晚餐，也沒有望著一○一的喝兩杯酒，以及打開房間第一眼就要看到的香檳，更別提最重點的床單。

當我們在餐廳門口被領檯問著訂位名字時，我們不約而同的說出馬嘉鴻，這裡指的我們不是我和她，而是我和身後的——

『馬嘉鴻？！』

我上一次聽到他叫我名字是十五年前的事情，可是他媽的已經十五年過去了我卻還是一聽就認出他來，他媽的——

『小馬？』

我們同時轉過身去，我們同時看見這他媽的馬家大少先是看看她然後看看我，最後他的視線饒富興味的停在我們的手牽手。

我記得十五年前的他還沒有這麼讓人想揍他。

『喲，老弟。』

「什麼老弟？」

我承認這是我混帳，因為直到此時此刻我還試圖在裝傻。但這又不是我的錯，這又不是我能夠做主的選擇，我是說關於他叫我老弟的這件事，還有我真的不想說的其他事。

我是說如果時間能夠退回而我們能夠有所選擇的話，我真希望我能夠在愛上她之後就先告訴她；不，或許時間該再往前推，在面試的那天我就直接告訴她。哦、去他媽的！以此類推的話何不讓時間直接推回我還是個小精子游啊游的那一天？

去他媽的！

『現在又不是在on節目，你倒是在演什麼戲啊？』這混帳簡直欣喜若狂的正在說，『話說你電視上的那一套我還真是有愛看，很逗很有趣，更有趣的是我媽聽說你混得不錯，還想問你要不要回家族來管公司咧？我看她是真的看破我了。』

「什麼家族？」

『別再演了嘛、老弟，剛剛不是就說了嗎？欸、說到這，阿姨最近過得怎麼樣？我媽和她打官司好像讓她很傷心啊？但那年你死也不答應驗DNA才真真是傷透她的心咧！照我說，如果她早相信自己兒子會賺錢，當初壓根不必花力氣爭遺產嘛，不過就是幾十億，她兒子賺得來嘛。阿姨還是那麼愛錢嗎？』

『你們認識？』

我聽見她終於開口問，我看見她把握著的手放開，我想裝傻的問她這是不是要我出拳揍他的意思，我——

『妳還聽不出來啊？妳怎麼還是像以前一樣笨？我們是兄弟啊！同父異母就是啦。』

「那是以前的事。」

我說，說得有氣無力，也說得沒說服力。

『說得這麼絕哦？那是上一代的恩恩怨怨啊老弟，當初我媽是太絕，但那也是因為你媽自己要為錢撕破臉嘛，哪、沒必要一直躲我媽電話，她是真的很賞識你想找你回來接家族企業耶。』

『你早就知道了？』

『他沒告訴妳哦？』

『你們一直都知道？』

『嘿！妳這就——』

他話說到這被打住，正確的說法是：被她扔往他臉上的愛馬仕打住。

『你他媽的給我閉嘴！』

『嘿！妳講話怎麼變粗魯？我早說了叫妳別跟這種人混一掛嘛。』帥啊！她這會兒就是連高跟鞋也飛向他鼻子去了。

『喂！很痛耶！誰幫我看看是不是流鼻血了？』

『怕痛就閉嘴！』她吼他，然後是我：『還有你！從頭到尾只是在耍我是不是？好好笑的柯靜頤！剛好拿來報復一下玩玩吧？』

「不——」

『天哪！你做什麼事都是有目的！只吃好吃的東西，只賺好賺的錢，連愛情也是？只愛能利用的人？你這輩子有沒有做過什麼事情是沒有目的的！』

「不是。」

『愛得像一場笑話，原來我們只是這樣。』

「不是。」

我知道除了不是之外、我是該再說些什麼，可是此時此刻我的腦子卻僵得說不出話來，我腦子僵得只剩下：我會失去她！我會失去她！我會失去她！

『你們好噁心。』我以為她會哭，可是結果她沒有，她哭點很低的不是嗎？她——

『你們太噁心了！』

『嘿！靜頤——』

『你敢再叫我名字我就剪斷你舌頭！』

『喂——』

『我不想跟個屁眼被捅的人講話。』

『那是大腸水療！』

他慌張的吼，但她沒聽到，因為她已經走掉；而他還在試著解釋：『體內環保很重要……』

我失去她了。

撿起她的高跟鞋時，我明白，我腦子裡的這個害怕終究還是成真，我還明白的是，原來我害怕的時候會失去語言的能力，還有，原來望著一○一哭，會真的讓眼底的淚好過一點。

原來愛一個人的感覺是害怕，害怕失去她，害怕沒有她。

隔天我接到我老兄的電話，我叫他去死；之後我又接到他媽媽打來的電話，雖然很不應該而且離經叛道，但我也是叫她去死；然後是我媽，但這次我只是直接掛掉而已，因為我正忙著看她快遞來的包裹，包裹裡有當初送給她的香奈兒記事本，還有兩封信。

第一封信裡只有一張便條紙，便條紙上寫著她曾經提過的那家紙紮公司的電話。這時候我突然有股衝動想裝沒事的打電話告訴她：

「哦、是啊，現在妳知道我會自己打電話訂位了，所以這會兒這電話也就由我自己打了是吧？比爾蓋茲撿鈔票妳忘了嗎？」

她沒忘。沒忘記我們說過的話，那些交過心的話。所以現在的我才會心悶悶的痛，是嗎？

而，第二封信，是離職信：

第一次想離職而沒離職，是因為我愛名牌。

第二次想離職而沒離職，是因為我愛上你。

第三次我終於離職。所以我一併寄還給你。

「怎麼還？」

望著終究還是沒有勇氣撥出的號碼，我想問她：愛情怎麼還？

那天晚上我失眠，我一向睡得不多但結果卻還是失眠，這感覺有點像是本來就不怎麼缺錢花的人，某天心血來潮打開皮箱一看赫然發現他這下子可真真不知道該拿這些皮箱裡多出來的鈔票堆怎麼辦。好吧！這是個爛比喻我知道，可是我真的就就只會凡事用錢來比喻而已。

只不過這會兒也不只是個比喻，而是這會我正從床底下拉出皮箱打開來數著鈔票好幫助入眠；心情不好的時候我就是這麼做，因為每次只要一想到我是這麼有錢的時候，我就會爽得不得了，我就會心情立刻就變好；倒不是說每次一回家才鬆開領帶然後就急巴巴的打開存摺然後偷偷笑，我通常是等洗完澡後才開始看存摺，不過只限於心情不好的時候這我得要再強調。

可是這次沒用，我看了存摺我簡直快把存摺給看破心情還是很差，我反而越看存摺上的那堆數字越看越是不爽，她電話也不接，她連家也沒有回，她只有一個人，她沒有穿鞋子，她能去哪裡？這是不是足以證明她真的是受傷了、氣瘋了、豁出去了？

她不要了。

我心情差到我沒法入睡，於是我只好拉出床底下的皮箱開始數鈔票。兩千萬，我數到手指快抽筋卻還是無法入眠。兩千萬，這是她還給我的錢，我指的是虧空公款的那位前特助，我後來其實找到她了，只是這事我從來沒有告訴過任何人、尤其是小郭，而沒還給公司卻是擺在我皮箱裡的兩千萬紙鈔正是我從來沒有告訴任何人的原因。

我想起當她把這兩千萬還給我時，她說：

『可能你老了以後，銀行存款有幾個零，名字底下有好幾棟房子——』

「不用等我老了以後，我現在就是。」

『……』

「好吧，請繼續。」

『但你會發現除了那些之外，你其實一無所有，連愛也沒有，沒有人愛你，你也沒真正愛過誰，你只會有錢，但不會有愛。』

「愛值幾個錢？」

『愛是不值錢，但再多的錢你也買不到愛。』

「那又怎樣，反正我還是很有錢。」

帥啊，她的詛咒應驗了，我該找雪莉幫我作法解除這咒語嗎？順便請她問問水晶球告訴我該怎麼做如何？

我瘋了我？

窮得只剩下錢。小辛也曾經這麼說過我。

而她呢？她沒有，她看到的不只是那樣子的我，而我也是，所以我們相愛，而原來愛會把人改變，因為她害我如今寧願自己窮得只剩下愛。

我能拿兩千萬換她一個原諒換她回頭換她再愛我換她回到我身邊嗎？

窮得只剩下錢。

這是天濛亮的時刻，我腦子裡閃過的第一個念頭，第二個念頭是起身更衣，第三個念頭是把這四只皮箱搬到後車廂，第四個念頭是轉動鑰匙發動車子，第五個念頭是去他媽的！就當我瘋了。

『你瘋了嗎？』

這是電話接通、聽完之後，她開口說的第一句話。

『今天是假日，你還叫你的員工回辦公室給你找人事資料？你真的是她那個工作狂老闆沒錯。現在是怎樣？當老闆就了不起是不是？一開始柯靜頤說她的老闆多壞多混帳時我本來還不信的咧，想說一定是她在誇張哪有——』

「她說我很壞很混帳？」

『呃……一開始的時候，我強調。』她說，『不過你倒是能不能教我幾招啊？你是怎麼讓你的員工都那麼聽話的？我們補習班的人吼真的是難以管教——』

「小姐，」我趕緊打斷她，「我不是打電話來找妳聊天的，抱歉我真的必須這麼提醒。」

『好啦。』她說，可是下一秒她卻又接著繼續說：『她的緊急聯絡人寫的是我？關係寫的是好朋友？哦、別誤會我不是在介意還是不高興，相反得很，我聽了是很高興，因為上次我們在電話裡是有點小不愉快，我只顧著說自己的事好像有點惹毛她，不過我相信那多少是因為她工作太累所以影響了情緒而已。』

「我——」

『你會覺得我講話很直嗎？她居然說我講話直接並不代表就可以任意的出口傷人，還問我考慮一下別人的感受有那麼難嗎？可是我從頭到尾就只說了：我早就告訴過妳了、柯靜頤。這樣而已啊。』

「妳——」

『好啦！我承認有時候我確實是會有欠考慮就直接把話脫口而出，可是我真的憋不住嘛！我早就告訴過她啦、和老闆談戀愛是不智的。好啦好啦，我上次是不只講了一句而是很多句。可是看吧？現在好啦。所以你真的是馬大福的弟弟哦？天哪！好個妙！希望你沒有長得像你哥哥，我是說真的。』

「沒有。我長得像我媽媽，他長得像我們爸爸。而且十五年前我們就不再是兄弟了。」天哪，是我幻覺還是真的在耳鳴？「還有，他叫馬大權，不是馬大福。」

『隨便啦，反正你長得不像他就好，因為那可是真的糟。聽說你長得像蔣友柏是真的還假的？』她繼續愉快的轟炸我耳膜，『是我敏感還怎麼著？一直我以為馬是個少見的姓氏，可是怎麼搞的馬英九當選總統之後就好像越來越多人姓馬啦？』

忍無可忍，真的我忍無可忍的打斷她：

「這位白目小姐！我從頭到尾只是想問妳、靜頤她高雄的家在哪啊？妳這樣自嗨的講個不停是怎樣！」

沉默了好一會、很難得的她沉默了好一會兒之後，她悶悶的說：

『我不喜歡被這樣講。』

「哪樣？」

『白目小姐。』

她指責我不應該拿她的姓開玩笑，可是我一時間真的忘記她剛好就姓白，所以此時我很誠意的道歉，而她說了句沒關係她相信我不是故意的，然後下一秒、下一秒她媽的就繼續又聒噪了起來：

『哇啦啦嘰呱呱劈哩啪啦嗚啦啦……欸，我是說著說著突然想到的啦，你幹嘛不搭高鐵啊？』

我沒想到，而且我是真的會被她氣死，我——

「妳到底要不要告訴我她高雄的家在哪啊！」

『哎喲反正你開車時間還很久，再陪我聊一下會怎麼樣？你開過台南的時候我再告訴你接下來怎麼走就好了啊。』

天哪！

『欸、你聽聽我的勝算怎麼樣？我男朋友他女朋友——』

她說得對，我是該搭高鐵的。

終章

珍。惜

◆之一
柯靜頤

一開始貴婦耍著他唬弄的時候，我還滿有種算他活該是懲罰的報復感，可是接著貴婦一直纏著他聊啊聊的聊過了桃園還在聊個不停時，我就有點生氣了。我氣的不是貴婦幹嘛和他聊那麼久還有他幹嘛讓貴婦和他聊那麼久他們又不認識！我氣的是坐在旁邊聽著貴婦的指示默不出聲的我看到他們聊得那麼起勁時，居然就吃起醋來了。

我真的很氣我自己還愛他在乎他甚至還吃醋。

後來我就這麼生著悶氣睡著了，我想我是真的太累了，一腳踩著香奈兒一腳卻光溜溜的走出遠企三十八樓之後，這兩天我幾乎都在哭都在傷都在氣都沒有睡，而這會兒我是真的累到極限了，但也可能只單純是放鬆了安心了：他比我想像中的還愛我，在乎我。

而我是真的很生氣也很震驚，但我不是真的想要失去他我甚至氣完之後很害怕會失去他；我知道這樣好像很沒用沒尊嚴，但——嗯。

再醒來是因為貴婦正在拍我的臉叫我醒來而且還拍得有點大力，才想客氣的問她是故意的還是怎樣嗎時，貴婦就先說了：

『該出發了，他已經開過台中了。』

「啊？」這會我是完全清醒過來了：「妳真的打算讓他一路開到高雄去？」

貴婦她就笑了起來：

『嗯啊，誰叫他那麼混帳瞞著妳不說，我沒騙說妳心情不好所以跑去小琉球散心聽海就算客氣了。』

「呃……」

『只是話說回來，換作我是他的話，也會難以啟齒的。畢竟他們雖然在血緣上是兄弟沒錯，但是在法律上在感情上已經不是了而且是早在十五年前就不是了。一開始他可能真的是居心不良，但後來他是真的愛上妳了，也真的在乎妳。』

「……」

『再說馬大福和他媽是真的有夠賤，而且重點是，我好欣賞他的骨氣，放掉幾十億的遺產不屑繼承，自己出去打拚江山，妳真覺得他有他表現得那麼愛錢嗎？事情真的都只是表面上我們看到的樣子而已嗎？』

這裡有點道理，我想我有點懂了。

『……所以我想我也沒有我表面上看起來那麼討人厭對吧？』貴婦還在說，『我知道我有時候是滿容易討人厭也還真的被滿多人討厭的，可是我——』

「謝謝妳。」

『不客氣。』然後，她又說：『所以換句話說，妳可能也沒有表面上看起來那麼物質又沒大腦吧？』

我收回我的謝謝！

『可是剛剛聊半天我就是想不透，他為什麼會以為妳在高雄的家？他想到人事資料上會有緊急聯絡人也確實想到要打電話問我，但怎麼就沒想到妳會是在我家？』

「哦，因為我們本來是約好了今天一起回高雄的，可是結果……」

『結果殺出個馬大福，去他媽的馬大福，呸！』晃了晃手中的車鑰匙，貴婦催促著我說：『快點啦，妳怎麼老是這樣拖拖拉拉的？』

「妳要開車載我去？」

『不然我拿車鑰匙幹嘛？刷牙嗎？白痴！』

「不……我是說——」

我是說打從我認識貴婦的那年開始她就已經有車了，可是我從來沒坐過她的車，因為她從來也沒想過要載我出門或送我回家而是都叫我搭捷運或叫計程車，我早知道她本來就不是那種會對朋友很好來表示友情的人，但後來即使是我那麼窮那麼落魄時，她依舊沒想過要基於同情請我吃飯——我的意思是：她一向不在乎別人的死活，不是嗎？

「妳什麼時候變得這麼好？」

『我是有多糟糕嗎？』

然後我就笑了，因為貴婦看起來像是想生氣但結果卻是笑出來。

『我只是突然覺得對別人好一點，好像感覺還滿不錯的。而且妳為什麼老是這樣拖拖拉拉啊？快點啦！』

在車上，貴婦突然的又說：

『謝謝妳，把我當成妳的緊急聯絡人。』

「哦，那個哦，那是因為當時傅主任說一定要填——」

『我是說妳前天傷透心的只踩著一腳的高跟鞋時，想到的人是我，因為我們上一次談話好像不是很愉快，妳說我不是個好朋友……』

「對不起。妳不是個完美的好朋友，但是那又怎麼樣？反正我也不完美。」我說，「雖然那時候傷透心但我還是知道我的管理員應該不會替我付計程車錢。」

『看來妳是真的傷透心了，因為妳有記得把凱莉包撿回來不是嗎？妳只是忘了香奈兒的高跟鞋而已。』

「啊、對哦。」

『說到這，計程車錢妳要記得還我，還有鞋子也記得要還我。』

「喂！」

『哈～～開玩笑的啦。計程車錢是開玩笑的，但鞋子不是，鞋子真的要還我，而且別弄髒知道嗎？』

「……」

『然後我就決定要和那個劈腿男分手了。』

「哦？他說了什麼嗎？」

『謝啦，妳現在是在裝傻嗎？我十分確定妳那時候還沒有睡著所以是有聽到的。』

「他說妳白痴智障兼腦殘？」

『……』

「Sorry……」

『我只是想通了。』貴婦說，『那不是愛情，或者應該說是，那不是我要的愛情，我要的是像你們那樣的愛情，真的愛著對方，真的害怕失去對方，真的把對方放在心上，而不只是褲襠裡。而劈腿男不是，他只是單純的想劈腿而已，而我還自欺欺人的騙自己那樣是愛情。』然後，『呸！我不會告訴他我們分手了，我會直接告訴他女朋友。』

「呃……」

『嗯。』

◆之二

馬嘉鴻

浪漫的結局是這樣：

我帥氣的等在車子外面，低頭看著我的右小腿，既驚訝又感動的發現它真的是痊癒了，沒有後遺症，也沒有背負過去的傷痛，不過這事我其實早知道，在床單上或浴缸裡或窗台邊——好啦！扯遠了我知道，但我就是忍不住會想扯這麼一下下，嘿！男人嘛！別這樣。

重來。

浪漫的結局是這樣：

我帥氣的等在車子外面，而她遠遠的朝我走來，接著我們四目相對，我們兩兩相望，在我們走向彼此的時候，我們會交換幾句浪漫的俏皮話，接著說不準我還會拿出她那隻遺落的香奈兒的露趾高跟鞋、單腳下跪為她穿上，然後我們深情擁吻，然後我會抱起她來在空中飛轉三圈——就像電影裡最愛用旋轉鏡頭表達的那個畫面——最後我們會以公主抱還有圍觀群眾的歡笑淚水和拍手叫好作為這真人版灰姑娘的完美ending。

但，呃……我必須很誠實卻煞風景的說，並沒有，完全沒有。沒有歡笑淚水，也沒有公主抱和轉三圈，而且她的那隻高跟鞋還忘在我床頭。不過深情擁吻是有的，只是旋轉鏡頭還是只有電影裡的攝影機才能表達呈現。

除此之外還有的是，很多很多的髒話。嗯，很多很多的髒話，可是那真的不是我的錯。

真正的結局是這樣：

我繞著左營高鐵站開了好幾圈硬是找不到那位白淑芬小姐說的柯柯笑牛肉麵店，我當下氣急敗壞又心急如焚的才想找路人問時，白小姐就來了電話，她輕描淡寫的說道這一切都只是開個玩笑，實際上當時靜頤是在她家而還沒有回高雄，而且我怎麼真以為會有人把牛肉麵店取名作為柯柯笑啊？

我大概是氣壞了，我沒想到她話裡說的還沒回高雄以及這話裡的言外之意，我只想到太讚了太爽了我又得原車開回台北去，去他媽的！比爾蓋茲撿鈔票、到底是要我講幾遍！

所以我就開始飆髒話，我大概是飆過頭了，因為她跟著也火了，所以她也回敬我很多很多的髒話，我們就這樣在高鐵車站前透過手機互飆髒話，直到警察走過來告訴我這裡不准停車不然他要開罰單了。

『去你媽的！』

我承認我確實是說了這句話——在她也問候我媽媽的時候，可是我說的對象是手機裡嚴格說來還沒見過面的白小姐又不是身旁的警察老兄，但這老兄卻一個勁的認為這句話是衝著他來的，所以他就也火大了要我出示行照駕照。在那當下我是真的氣到想笑：我是如何能夠在同一秒用同一句話同時得罪兩個我說來都不認識的人？

然後我還真的笑了。因為就在我掏皮夾的同時，我看見她走出高鐵站，而我笑的原因是她臉上的表情告訴我：笑吧、馬嘉鴻，那場鬧劇只是個逗點或者驚嘆號，但無論如何那不是句點。

你們的愛情還在。

我們還是相愛。

有空我再說說那是怎麼樣的一個好美的表情，她臉上的表情，那愛的表情。可是現在我沒空，因為她確實正遠遠的走向我，也是因為我身邊的警察老兄正催促著我出示證件。

「幫我找一下，多開幾張沒關係，因為我還要停一下。」

『你再不配合我就開你不服取締！』

「我很配合啊！你愛開就開沒關係，還有，你可不可以閉嘴！因為我的人生接下來是黑是白就看接下來的這一分鐘！」把皮夾整個交到他手裡，我說：「對不起，請讓讓！」

『你這是——』

「去你媽的！」

『妨礙公務！』

他老兄還在我身後吼。

越過警察老兄，我走向她，我在她面前站定，我開口說：

「妳真是把我整慘了，柯靜頤。我們就算是扯平了好嗎？」

她沒回答我，她開始哭。好吧，我剛忘了說，還有歡笑和淚水，不過是我們的，不是圍觀民眾的。

「我不想耍肉麻可是我真的捨不得妳哭，而且妳眼睛腫腫的樣子真的是很好笑耶。」

『你也是真的很混帳。』

「妳知道上一個說我混帳的人是誰嗎？」

『人事室的陳小姐？會計室的工讀生？業務部的邱副理——』

「好了好了，妳就是只有在我前面的時候才這麼伶牙俐齒嘛。」

『你就是只有在我面前的時候才會這麼不總經理嘛。』

「那又不衝突。」

我笑著說，然後把我們的距離拉得更近，近到只剩心跳的距離。

「這件事妳如果聽出了個道理記得告訴我，我整夜失眠其間還偷哭幾次然後我明白再不看到妳我的生命恐怕會有危險，可能是心臟衰竭之類的；接著我決定來找妳，順道一提是清晨六點過一會兒的時候，我會記得是因為我當時有看錶。」

「我不知道有沒有把握能夠找到妳，也不知道就算找到妳那畫面會不會是我想要的、我能承受的。總之我就是決定如果我找到妳，那麼那個畫面一定要是我單腳跪下為妳穿鞋，不是說我愛看灰姑娘愛到希望自己去演它，而只是妳那天飛到馬大權臉上的鞋子我有幫妳撿回來，我知道妳很愛那雙鞋。

「我是記得把鞋子撿回來了，可是結果卻忘了把鞋子帶上車，我沒把鞋子帶上車，結果卻是把床底下的兩千萬搬到行李廂，如果妳想透個道理能不能告訴我？因為我是真的想不透。」

『這個嘛……』想了想，她說：『大概是因為你滿腦子想的都是我吧。可是兩千萬又是什麼？』

「別提兩千萬了。」我笑著說，而且小小聲的說，雖然有點煞風景但我還是沒忘記這會車門沒上鎖，「是的就是這道理，我滿腦子想的都是妳，而且恐怕未來的每一天都會是如此。那妳呢？」

她沒回答我，她只是——哦、去他媽的，是的，我們就做了全天下的男男女女在這情況之下會做的事：深情擁吻。

還能再愛嗎？橘子著. -- 初版
-- 臺北市：春天出版國際, 2009. 04
面； 公分. --（橘子作品集；22）
ISBN 978-986-6675-87-4（平裝）
857.7 98004565
國家圖書館出版品預行編目資料

還能
再愛嗎？

橘子作品集 22

作　　者◎橘子
企劃主編◎莊宜勳
封面設計◎克里斯

發 行 人◎蘇彥誠
出 版 者◎春天出版國際文化有限公司
地　　址◎台北市忠孝東路四段303號4樓之一
電　　話◎02-2721-9302
傳　　眞◎02-2721-9674
E-mail　◎frank.spring@msa.hinet.net
網　　址◎http://www.bookspring.com.tw
部 落 格◎http://blog.pixnet.net/bookspring
郵政帳號◎19705538
戶　　名◎春天出版國際文化有限公司
法律顧問◎蕭顯忠律師事務所
出版日期◎二〇〇九年四月初版一刷
　　　　◎二〇〇九年九月初版四十九刷
定　　價◎220元

總 經 銷◎楨德圖書事業有限公司
地　　址◎台北縣新店市復興路45號3樓
電　　話◎02-2219-2839
傳　　眞◎02-8667-2510
排　　版◎浩瀚電腦排版股份有限公司
印 刷 所◎鴻霖印刷傳媒股份有限公司

ISBN 978-986-6675-87-4
Printed in Taiwan